주석으로 쉽게 읽는
고정욱 삼국지 10

일러두기

1. 《고정욱 삼국지》는 기존의 여러 《삼국지》 번역본들을 비교, 대조하여 작가의 시각에서 현대적인 문장으로 재해석해 평역한 새로운 《삼국지》입니다.

2. 《삼국지》 원본의 장황하고 불필요한 사건이나 서술, 시, 관직, 인물명 등은 과감히 생략하여 쉽고 빠르게 읽을 수 있도록 구성하였습니다.

3. 주석과 고 박사의 '여기서 잠깐' 코너를 통해 역사와 문학, 그리고 사상과 철학 및 지식을 쉽게 배울 수 있도록 하였습니다.

4. 지리적 배경에 대한 이해를 돕기 위해 간략한 지도를 주석에 삽입하였습니다.

주석으로 쉽게 읽는

고정욱
삼국지

⑩

역사는 흐른다

고정욱 편역

애플북스

차
례

1
사마의와 손권의 죽음

사마의는 말 그대로 일인지하 만인지상의 실권자가 되었다. 위주인 조방은 사마의를 승상으로 봉했고 구석의 예를 갖추어 주었다.

"신은 이런 예우를 받을 수 없습니다."

"아니오. 나를 구해 준 은혜를 생각하면 이것으로도 부족하오."

사마의는 극구 사양했지만 조방은 사마의 부자 세 사람에게 국사를 모두 맡겼다. 화근의 시작이었다. 이로써 사마의는 과거 조조가 한나라에서 차지했던 권력, 제갈공명이 촉에서 누렸던 위치를 모두 거머쥐었다. 더 이상 아쉬울 것이 없는 사마의였지만 불안한 것이 한 가지 있었다. 바로 하후현이 옹주를 지키고 있다는 것이다. 그는 조상의 친족이었기 때문에 난을 일으키면 어쩌나 두려웠던 것이다.

"아무래도 안 되겠다. 즉시 하후현을 낙양으로 불러라."

그 소식을 들은 하후현의 숙부인 하후패는 군사 삼천 명과 함께 반란을 일으켰다. 자신을 제거하려고 부르는 것을 뻔히 알았기 때문이다.

"하후패가 기다렸다는 듯 반란을 일으켰으니 가서 진압하시오."

사마의의 명을 받은 옹주 자사 곽회가 군사를 거느리고 하후패를 치러 달려갔다. 곽회는 하후패를 만나자 큰 소리로 꾸짖었다.

"너는 대위의 황족인 데다가 황제께서 너를 후하게 대접했는데 어찌하여 반란을 일으켜 나라를 어지럽히는 게냐?"

"나의 부친이 나라에 공을 많이 세웠는데도 사마의가 우리 일족을 몰살했다. 그는 이제 나까지 죽이려 하니 흑심이 있음이 분명하다. 나야말로 의리를 지켜 역적을 토벌하려는 것이다. 그것을 반역이라 부르다니 당치 않다."

역사는 반복된다고 했던가. 이 장면은 과거 조조와 수많은 군웅들이 설전을 벌이던 장면과 다르지 않았다.

"말로는 안 되겠다."

"실력을 보여 봐라."

곽회와 하후패가 서로 맞부딪쳐 십여 합을 겨루다가 곽회가 패하여 도망쳤다. 그 뒤를 쫓아 하후패가 달려가는데 후군에서 함성이 일었다. 진태가 군사를 거느리고 쳐들어온 것이다. 비로소 도망가던 곽회도 말 머리를 돌려 쫓아오니 하후패는 앞뒤에서 협공을 당해 크게 패했다.

"이를 어쩌면 좋으냐?"

하후패는 도저히 도망갈 길이 없자 마침내 촉의 한중으로 투항하기로 결심했다. 적의 적은 동지인 셈이다.

이 소식이 알려지자 강유는 깜짝 놀랐다. 하후패 같은 거물이 투항한다는 사실을 누가 예상이나 했을까? 상황을 확인한 결과 실제로 하후패가 투항하는 것임을 알게 되자 강유는 성문을 열고 맞아 주었다.

"어서 오시오, 장군."

"이 세상 어디에도 갈 곳이 없었는데 곤궁한 나를 받아 주니 그 은혜에 감사합니다."

하후패는 분통하여 눈물을 흘리며 강유에게 그동안 있었던 일을 모두 말했다. 그러자 강유가 위로하며 말했다.

"옛날에 미자†가 주나라에 가서 만고에 이름을 떨친 것처럼 공도 한나라 황실을 바로잡아 부끄럽지 않은 사람이 되면 될 것 아니오?"

강유는 잔치를 열어 하후패를 크게 대접했다. 강유 역시 사마의가 두려웠다.

"사마의가 우리 촉을 넘보고 있지는 않소?"

여기서 잠깐!!

미자는 중국 상나라의 왕족이었어. 정확한 이름은 미자계야. 상나라 마지막 왕 주왕의 이복형이며 고조선을 통치했던 기자는 그의 숙부인 셈이야. 현명하고 올바른 사람이었는데 후궁이던 주왕의 생모가 정실이 되면서 권력에서 밀려 이복동생에게 왕위를 양보했어. 그런데 동생이 정치를 잘못해 나라가 망할 지경에 이르자 미자계가 여러 번 충고를 했지만 받아들여지지 않았어. 미자계는 할 수 없이 예악(禮樂)을 관장하는 관리들과 제사 도구 등을 가지고 왕실 가족과 함께 자신의 땅으로 도망갔어.
얼마 후 주나라 군대가 상나라를 멸망시키니 미자계는 무왕에게 상나라의 사직이 계속 이어질 수 있게 해 달라고 부탁했고 송나라를 새로 열어 맡으라는 허락을 얻었지. 미자계가 나서서 국가 종묘사직의 근본을 본인의 영토로 옮겨와 정상적으로 제례를 이어 갔단다.

등애

등애는 가난한 집안에서 많은 고생을 하며 자랐어. 조위가 운영하는 둔전의 목동이 되었고 말을 더듬기까지 했다고 해. 하지만 성격이 강직해서 자신의 운명을 스스로 개척했지. 어려운 일이 있어도 포기하지 않았고 독서를 통해 스스로를 키워 갔어. 산천의 지리를 이해하고 완벽하게 파악했으며 병서에 통달해서 전투력을 크게 증강시켰어. 나중에 이를 알아본 사마의가 중용하지.

"사마의 그 늙은 도적놈은 아직은 권력을 손에 쥔 지 오래지 않아 바깥일에 마음을 돌릴 겨를이 없습니다."

"그렇다면 다행이오. 게다가 사마의는 늙지 않았소?"

"하지만 위에는 새로 나타난 인물이 둘이 있습니다."

"그게 누구요?"

"이들이 군사를 거느리고 온다면 촉에는 큰 위협이 될 것입니다. 하나는 비서랑으로 있는 종회라는 자로, 태부 종요의 아들이지요. 어려서부터 총기가 있고 용맹한 자로 알려져 있습니다. 황제를 만나서도 두려워하지 않는 담대한 자입니다."

"그 이름을 기억해 둬야겠소. 또 한 사람은 누구요?"

"또 한 사람은 연리로 있는 등애라는 자입니다. 등애는 어릴 때부터 큰 뜻을 품어서 높은 산이나 연못을 보면 그냥 지나치지 않고 어느 곳에 군사를 두면 좋을지, 군량을 쌓을지를 생각하고 지적하곤 했습니다. 그걸 보고 사마의가 그를 중용했지요."

그러자 강유가 웃었다.

"하하하. 장군께서 주의하라 하니 기억은 하겠지만 젖비린내 나는 애들이 두렵다고 하는 이유를 잘 모르겠소이다."

"그렇지 않습니다. 조심해야 합니다."

"일단 성도로 가서 황제를 알현합시다."

강유는 하후패를 데리고 성도로 들어가 후주를 뵙도록 했다. 인사를 나눈 뒤 강유가 비로소 심중에 있는 생각을 꺼내 놓았다.

"사마의가 조상을 죽이고 하후패마저 잡으려 하여 하후패가 우리에게 왔습니다. 지금 위는 조방이 나약하여 크게 흔들리고 있습니다."

"그래서 어떻게 하면 좋겠소?"

후주 유선이 물었다. 그는 오랜 평화로 지극히 여유로운 시절을 보내고 있었다.

"신이 한중에 있으면서 군사를 훈련시키고 힘을 기르고 있으니 군사를 거느리고 하후패를 향도관으로 삼아 한실을 중흥하는 뜻을 펼칠까 합니다. 이것은 승상이 남긴 뜻을 잇는 길이기도 합니다."

그러자 상서령인 비의가 말렸다.

"최근에 장완과 동윤이 모두 세상을 떠나서 우리 쪽에는 내정을 맡아서 이끌 사람이 없소. 기다려 주시오. 아직 때가 되지 않았소이다. 좀 더 나라의 곳간을 쌓아야 하오."

강유는 그 이야기가 전쟁을 벌이기 싫다는 말로 들렸다.

"그렇지 않소이다. 이렇게 세월만 보내다 어느 천년에 중원을 회복하겠소?"

"승상도 중원을 회복하지 못했는데 우리 같은 자들이 어떻게 이루겠소이까? 때를 기다리는 것이 옳다고 여겨집니다."

"아니오. 나는 오랫동안 농상에 살아서 강족을 잘 알고 있소. 그들이 도와주면 중원을 회복하진 못해도 농상의 서쪽 땅은 회복할 수 있을 것이오. 그들과 당장 동맹을 맺어야 하오."

잠자코 듣고 있던 후주 유선이 마침내 결단을 내렸다.

"경이 위를 정벌하고자 한다면 충성을 다해 주기 바란다. 사기를 잃지 말고 짐의 기대에 부응하도록 하라."

드디어 강유는 조칙을 받들고 하후패와 함께 한중으로 돌아와 위를 칠 준비를 했다.[†] 강유가 말했다.

"강족과 동맹을 맺은 다음에 서평으로 나아갑시다. 그리하여 국산 기슭에 두 개의 성을 쌓고 지키게 하면서 기각지세를 이루면 될 것이오. 군량과 마초는 승상의 예전 방법을 따르면 될 듯하오."

강유는 장수 구안과 이흠을 미리 보내어 군사 일만 오천 명으로 하여금 국산 앞에 두 개의 성을 세우게 했다. 그리고 구안에게는 동쪽 성을, 이흠에게는 서쪽 성을 지키게 했다.

정탐꾼이 이 사실을 알리자 옹주 자사 곽회는 낙양에 보고한 뒤 오만 명의 군사를 진태에게 보내어 촉군과 싸우게 했다. 구안과 이흠은 각각 군사를 거느리고 나와 맞섰지만, 중과부적이었다. 군사가 적어 제대로 겨뤄 보지도 못하고 성안으로 숨어 버렸다. 진태는 승세를 몰아 성을 겹겹이 포위해 버렸다. 성안에 고립된 구안과 이흠은 군량도 부족하고 물도 부족하게 되었다.

곽회가 군사를 거느리고 와서 주위를 살펴

강유는 왜 이렇게 중원을 차지하려고 했을까? 아마 자신이 촉에 투항했던 일종의 배신행위를 보상받을 수 있다고 생각했던 것 같아. 한의 정통성을 되살리면 자신이 충신으로서 고향에서도 인정을 받을 수 있기 때문이지.

본 뒤 말했다.

"높은 산 위에 있는 성들이라 물이 적을 것이다. 물길을 끊어 버리면 촉군은 목말라 죽을 것이다."

곧 군사들을 시켜 상류에 둑을 쌓아 물길을 끊어 버리자 과연 성안에 물이 말랐다. 이흠이 물을 구하려고 결사대를 결성해 성문을 열고 나섰지만 포위망을 뚫지 못해 다시 성안으로 후퇴했다.

구안의 성안에도 물이 마르기는 마찬가지였다. 구안은 이흠과 함께 군사들을 몰고 일제히 나가 싸웠지만 위군에게 쫓겨 모두 성안으로 되돌아갔다. 군사들은 목이 말라 죽을 지경이었다.

구안과 이흠은 강유의 지원군을 간절히 기다렸지만 지원군은 오지 않았다.

"이대로 죽으나 포위망을 뚫다 죽으나 마찬가지다."

마침내 이흠이 구원을 청하기 위해 기병 수십 명으로 결사대를 조직했다. 그리고 성문을 열고 바람처럼 달려 나갔다.

하지만 위군이 가만히 있을 리 없었다.

"결사대를 막아라."

이흠은 포위망을 뚫다가 온몸에 중상을 입었다. 가까스로 적의 포위를 벗어났지만 군사들은 모두 흩어졌다. 그날 밤 다행히 폭설이 내려 성안에 있던 군사들은 눈을 뭉쳐 갈증을 해소했다. 그리고 쌓인 눈을 녹여 밥을 지어 먹을 수도 있었다.

죽음을 무릅쓰고 도망친 이흠은 말을 달려 이틀 만에 강유를 만날 수 있었다.

"국산의 두 성이 위군에게 포위당해 물길이 끊어진 지 오래입니다. 위급한 처지이니 도와주십시오."

강유가 땅을 치며 말했다.

"내가 서둘러 지원하려 했지만 강족 병사들이 오지 않았다. 그것 때문에 일을 망쳤구나."

애초에 신의가 없는 강족을 믿고 일을 벌인 것이 잘못이었다. 강유는 하후패를 급히 불러 물었다.

"강병은 아직 오지 않았는데 위군이 두 성을 포위했소. 매우 위급한 상황인데 어찌하면 좋겠소?"

하후패가 자신의 생각을 말했다.

"강병이 오기만을 기다릴 순 없습니다. 그랬다간 두 성을 모두 빼앗길 겁니다. 옹주의 군사들이 지금 국산을 공격하고 있으니 옹주성은 방어가 허술할 것입니다. 장군께서 군사를 거느리고 지름길로 우두산을 거쳐 옹주성을 공격하십시오. 그러면 곽회와 진태가 옹주를 구하기 위해 군사를 돌릴 수밖에 없을 것이니 포위가 풀릴 것입니다."

"오, 그게 최선책이겠소."

강유는 즉시 우두산으로 군사를 이끌고 나아갔다.

한편 진태는 이흠이 포위를 뚫고 나간 뒤 즉시 곽회에게 알렸다.

"결사대가 포위망을 뚫었습니다. 분명히 강유는 우두산으로 나가 우리의 배후를 기습할 것입니다. 장군께서는 촉군의 보급로인 조수를 점령하십시오. 저는 우두산으로 가서 강유를 무찌르겠습니다."

"그거 좋은 생각이오."

곽회는 그 전략대로 움직였다. 강유가 우두산에 도착했을 때에는 이미 위군이 앞을 가로막고 있었다. 기다리고 있던 적장 진태가 앞으로 나서며 외쳤다.

"감히 옹주를 노리다니 어이가 없구나. 내가 여기서 너를 기다리고 있었다. 어서 나와 싸워라!"

화가 난 강유가 창을 들고 말을 달려 맞상대를 했다. 하지만 몇 합 싸우지 않고 진태는 도망쳤다. 옹주의 군사들은 퇴각하여 산머리로 도망쳐 진을 쳤다. 강유는 산기슭에 진을 치고 자리를 잡았다. 하후패는 이곳은 오래 머물기에 좋지 않다며 만류했다.

"도독! 저들은 우리를 유인해서 붙들어 두려는 것입니다. 저들이 다른 꾀를 쓰려고 할 테니 우리는 잠시 군사를 뒤로 물렸다가 새로운 계책을 강구하여 다시 공격합시다."

아니나 다를까, 곽회가 이미 보급로를 끊었다는 소식이 들려왔다. 강유는 하후패를 먼저 뒤로 물러나게 한 뒤 다섯 갈래의 길로 쳐들어오는 적군을 맞아 싸웠다. 하지만 강유는 결국 버티지 못하고 군사들을 물려 조수에 이르렀다.

"강유, 잘 왔다!"

이번엔 곽회가 기다렸다는 듯이 또 공격해 왔다. 강유는 사력을 다해 포위망을 뚫고 혈로를 열었지만 이미 군사의 대부분을 잃었다. 간신히 살아남은 강유가 양평관을 향해 달려갈 때 앞을 막아서는 장수가 있었다. 바로 사마의의 맏아들인 표기장군 사마사였다.

"강유는 게 섰거라!"

분노한 강유가 버럭 소리쳤다.

"내 길을 막다니! 나이도 어린 놈이 황천길을 재촉하는구나!"

창을 치켜들고 강유가 다가가 사마사를 맞상대했다. 몇 합 싸우지 않고 사마사를 물리친 뒤 강유는 양평관에 이르렀다. 강유가 성안으로 들어가자 사마사는 분을 참지 못해 군사들을 재촉했다.

"당장 저자를 잡아라!"

위군이 물밀듯이 쳐들어올 때였다. 사마사의 군사들이 성 밑까지 몰려 들어오자 성 위에서 쇠뇌를 쏘기 시작했다. 그런데 이 쇠뇌의 구멍 하나에서 열 대의 화살이 쏟아져 나와 순식간에 수천 명의 군사들을 쓰러뜨렸다.

"이게 어찌된 일이냐?"

놀란 위군이 급히 후퇴했다. 연달아 화살이 발사되도록 만든 쇠뇌는 제갈공명이 죽기 전에 전수해 준 새로운 발명품이었다. 화살 끝에는 독까지 묻어 있어 선두에 섰던 위의 군사들은 떼죽음을 당하고 말았다.

"어서 후퇴하라!"

사마사는 간신히 군사들을 이끌고 정신없이 도망쳤다.

한편 지원군이 오기만을 기다리던 국산성의 촉군은 아무 소식도 듣지 못해 결국 성문을 열고 항복했다. 이렇게 해서 강유는 얻은 것도 없이 수만 명의 군사만 잃고 한중으로 회군하고 말았다.

가평 3년(251) 8월, 천하의 사마의도 나이는 속일 수 없어 중병에 걸렸다. 그는 아들 둘을 불러 유언을 했다.

"나는 오랫동안 위를 섬겨 벼슬이 태부에 이르렀다. 신하로서는 더이상 올라갈 자리가 없다. 하지만 사람들은 내가 딴마음을 품을까 봐 늘 의심의 눈초리를 보내니, 평생을 두려움과 불안 속에서 살아왔다. 너희 두 아들은 합심하여서 나라를 이끌되 삼가고 삼가서 조심해라."

묘한 의미를 지닌 말이었다. 권력을 잡고 영향력이 커지니 황제가 될 꿈을 꾸는 것은 아닌지 의심받지 않도록 조심하라는 뜻도 있지만, 다른 한편으로는 자신은 조심했지만 자식들은 권력을 잡아 의심이 아니라 두려움과 공경의 눈길을 받으라는 뜻으로 해석할 수도 있었다.

"아버님! 으흐흐!"

마침내 사마의는 숨을 거두었다. 위주인 조방은 성대하게 장례를 치르게 하는 한편 사마사는 대장군에, 사마소는 표기 상장군에 봉했다.

큰 인물들이 하나둘 세상을 떠나고 있을 때 오나라에서도 영웅 하나가 지고 있었다. 오주인 손권은 태자인 손등이 병들어 죽자 낭야의 왕 부인 소생인 손화를 태자로 삼았다. 그러나 손화는 손권의 딸인 전공주와 사이가 좋지 않아 폐위되었다. 손권은 다시 반 부인의 소생인 셋째 아들 손량을 태자로 삼았다. 육손이나 제갈근이 모두 수명을 다하고 죽은 뒤여서 국가의 모든 일은 제갈근의 아들인 제갈각[†]이 맡아 처리하고 있었다.

오나라에 갑자기 천재지변이 일어났다. 큰 바람이 불어 강과 바다가 넘쳐 평지까지 물에 잠긴 것이다. 오주의 선릉에 심은 나무들이 모두 뿌리째 뽑히더니 바람에 날려 건업성 남문에 꽂히는 괴변이 일어났다.

"아, 이건 흉조로구나!"

너무나 놀라운 일에 손권은 충격을 받아 병이 들었다. 시름시름 앓더니 결국 태부인 제갈각과 대사마인 여대를 불러 뒷일을 당부한 뒤 숨을 거두었다. 촉한 연의 15년(252), 당시 손권의 나이는 71세였고, 제위에 오른 지 24년 되던 해였다. 후세 사람들은 그를 붉은 수염, 푸른 눈의 영웅이라 칭했다. 24년 동안 대업을 일으켰고 용과 범처럼 강동에 자리 잡았다고 칭송했다.

제갈각은 태자인 손량으로 하여금 제위를 잇게 하고 대사면령을 내렸다. 이 소식이 낙양에 알려지자 사마사는 즉시 오나라를 어찌 칠까 의논했다. 그러자 상서로 있는 부하가 아뢰었다.

"동오는 우리에게 눈엣가시 같은 존재입니다. 선제께서도 여러 번 치려고 나서셨지만 험한 장강에 가로막혀 실패하셨습니다. 차라리 변방을 지키면서 때를 노리는 것이 옳을 듯하옵니다."

사마사는 다른 의견을 냈다.

"그렇지 않다. 천하의 운세는 삼십 년이 지나면 변하는 법이다[†]. 어찌하여 지금까지 세

제갈각의 아버지인 제갈근은 제갈공명의 형이야. 동생의 빛에 가려 제대로 인정받지 못했지만 아들인 제갈각은 항상 자신의 아버지가 훨씬 훌륭하다고 공언했대. 이를 궁금하게 여긴 손권이 어찌 그런가 묻자 제갈각은 이렇게 대답했어.

"제 아비는 누구를 보좌해야 하는지 알고 있지만 숙부는 그렇지 않습니다. 폐하와 비교도 할 수 없는 보잘것없는 유비를 보좌하고 있지 않습니까. 숙부는 군주를 가려서 섬길 줄 모르기 때문입니다."

참으로 대단한 아부일 수도 있지만 제갈각은 진심으로 그렇게 믿었을지도 몰라.

❧

역사에서는 삼십 년이 중요한 기간이야. 삼십 년이면 세대가 바뀌기 때문이지. 아버지의 자리를 아들이 잇는 데 삼십 년이 걸려. 그래서 다음 세대라고 하면 대략 삼십 년 뒤를 말하지. 이때 사마사는 그걸 간파하고 있었어. 사람이 다 바뀌니 운세도 바뀐다고 보는 거지. 그래서 삼십 년이 지나고 삼백 년이 되도록 이어지는 일은 영원한 것이라고 봐도 무방하지.

황제가 정립할 수 있다는 것이냐? 지금이야 말로 오를 쳐야 할 때다.”

사마소도 같은 의견이었다.

“형님, 손량은 아직 나이가 어리고 나약하니 지금 공격하면 우리가 반드시 승리를 거둘 수 있소이다.”

마침내 사마사는 오를 치기 위해 군사를 일으켰다. 동생인 사마소를 대도독으로 하고 왕창에게 십만, 호준에게 십만, 관구검에게도 십만의 군사를 주어 세 갈래로 나누어 공격하게 한 것이다.

그해 12월에 사마소의 군사가 동오의 경계에 도착했다. 사마소는 세 장수들을 불러 계책을 의논하며 말했다.

“동오의 요충지는 동흥이라 할 수 있소. 저들은 큰 둑을 쌓고 둑의 좌우 양쪽에 성을 세워 공격에 대비하고 있으니 각별히 조심해야 하오.”

호준을 선봉으로 앞서 가게 하고 왕창과 관구검에게는 진을 벌여 놓은 곳에서 동오군이 함락될 때까지 기다리라고 명을 내렸다.

이때 오의 태부인 제갈각은 위군이 쳐들어온다는 소식을 듣고 관리들을 모아 대책을 강구했다. 결론은 역시 동흥을 잘 지켜야 한다는 것이었다. 이곳을 잃으면 무창이 위험해진다는 데 중론이 모아졌다. 제갈각은 고개를 끄덕인 뒤 평북장군 정봉에게 명령을 내렸다.

“공은 수군 삼천 명을 거느리고 강을 따라 나가시오. 그럼 여거, 당자, 유찬으로 하여금 각각 만 명의 보군을 이끌고 세 길로 나뉘어 뒤따르도록 하겠소.”

정봉은 수군 삼천 명을 삼십 척의 배에 태우고 강줄기를 따라 동흥으로 향했다.

이때 위군의 선봉 호준은 부교를 세우고 환가와 한종을 내보내 둑 양쪽의 성을 공략하고 있었다. 그러나 아무리 공격을 해도 성이 높고 견고해서 끄떡없었다. 오의 장수들은 위군의 기세에 눌려 나가 싸울 엄두도 못 내고 성을 굳게 지킬 뿐이었다.

호준이 장수들을 불러 술을 마시고 있는데 물길로 오의 전선이 쳐들어온다는 소식이 전해졌다. 호준이 나가서 보니 강가에 오군의 배들이 막 도착하고 있었다. 배 한 척에 백 명의 군사들이 탄 것을 보고 그들이 삼천 명인 것을 금세 파악했다.

"고작 삼천 명의 군사다. 저자들을 무찔러 공을 세우자."

한편 오의 장수인 정봉은 부장들을 독려했다.

"오늘이야말로 우리가 공을 세울 수 있는 날이다."

정봉은 군사들에게 갑옷과 투구를 벗고 긴 창 대신 짧고 가벼운 단검으로 무장하게 했다. 오늘날로 치면 특공대인 셈이다.

위군은 자신들의 세가 크다는 것을 알고 상대를 가소롭게 여기며 내려다보고 있었다.

"공격하라!"

드디어 신호가 울리자 오의 장수인 정봉이 먼저 뭍으로 뛰어내리며 그대로 위군의 영채로 쳐들어왔다. 너무나도 빠른 공격에 위의 군사들은 혼란에 빠졌다. 정봉은 재빨리 한종을 찔러 쓰러뜨렸다. 뿐만 아니라 환가도 찔러 죽였다.

"적장을 제거했다."

동오의 삼천 군사들이 영채로 들어가 사정없이 짓밟자 호준은 놀라서 도망쳤다. 하지만 부교는 이미 끊겨 있었다. 위군은 물에 빠지거나 동오군의 칼에 맞아 죽었다. 사마소와 왕창, 관구검은 동흥의 군사들이 패했다는 소식을 듣자 도우러 오지 못하고 후퇴하고 말았다.

제갈각은 특공대의 활약으로 큰 승리를 거두자 군사들을 위로하며 장수들에게 상을 내렸다.

"드디어 중원을 취할 수 있는 때가 왔으니 즉각 군사들을 보내어 북쪽을 공격하자!"

제갈각은 촉에 서신을 보냈다. 강유에게 함께 북쪽을 공격하여 천하를 반씩 나누자는 것이었다.

제갈각은 이십만 명의 대군을 일으켜 몸소 중원 정벌의 대장정에 올랐다. 그동안 눈치만 보며 수십 년 간 몸을 사리던 동오가 마침내 나선 것이다.

"우리는 오랜 원한을 반드시 갚을 것이다."

제갈각이 막 진군하려 할 때였다. 갑자기 땅에서 흰 기운이 치솟으며 군사들이 서로 알아볼 수 없을 정도로 짙은 안개가 끼었다.

"좋지 않은 조짐입니다. 군사를 잃을 징조이니 위를 치지 마시고 돌아가셔야 합니다."

장연이 말렸지만 제갈각은 묵살했다.

"쓸데없는 말은 하지 마라. 불길한 이야기로 군심을 흐리게 하면 안 된다."

제갈각은 만류하던 장연의 목을 베려 했다. 하지만 주위의 간청으로 장연을 삭탈관직(削奪官職, 죄를 지은 자의 벼슬과 품계를 빼앗고 벼슬아치의 명부에서 그 이름을 지우던 일)하고 신분을 평민으로 낮췄다.

제갈각은 군사를 이끌고 진군하기 시작했다. 곧 위에서 요충지로 여기는 신성 근처에 이르렀다. 제갈각은 이 성을 공략하여 사마사의 간담을 서늘케 하기로 작정했다.

이때 신성을 지키던 장특은 오군이 몰려오자 성문을 닫아걸고 수비 태세를 갖춘 채 나가 싸울 생각도 하지 않았다. 제갈각은 군사들을 배치해 성을 겹겹이 포위했다.

사마사는 낙양에서 이 보고를 받자 고개를 끄덕였다.

"동오군은 멀리 와서 지쳐 있고 양식도 적을 것이다. 때가 되면 물러갈 것이니 그때를 기다려 공격하자."

과연 제갈각은 몇 달 동안 신성을 공격했지만 장특이 굳세게 막아 함락하지 못했다. 악에 받친 제갈각은 태만한 자는 목을 베겠다고 엄포를 놓았다.

"적을 공격함에 있어 조금이라도 곁을 두는 자는 적으로 간주한다."

제갈각의 엄명에 군사들이 죽을힘을 다해 공성전에 돌입하자 마침내 성이 무너졌다. 장특은 다급해지자 계책을 생각해 냈다.

"우리에게 필요한 것은 시간이다. 말 잘하는 선비를 불러들여라."

장특은 선비 한 사람에게 책적을 가지고 오군 영채로 가라고 했다. 책적이란 관할 구역의 호구와 지적을 빠짐없이 모두 적은 장부로 이것을 바친다는 것은 항복을 뜻한다.

장특의 명을 받은 사자가 제갈각을 찾아가 책적을 바치며 말했다.

"위의 법에는 적에게 포위된 장수가 백 일 동안 후원을 받지 못하여 항복을 하면 그 가솔들에게는 죄를 묻지 않는다고 되어 있습니다."

"지금 그 이야기를 왜 하는 것이냐? 어서 항복하지 않고?"

"장군께서 우리를 포위하신 지 구십 일이 되지 않았습니까? 열흘만 더 참아 주십시오. 그러면 그때는 우리가 모두 나와서 항복을 하겠습니다. 가족을 지켜야 하지 않겠습니까?"

제갈각은 순진하게도 사자의 말을 믿었다.

"좋다. 열흘을 기다려 주겠다."

오군은 공격을 멈추고 군사를 거둬들였다. 그러나 이것이야말로 장특의 완병지계(緩兵之計, 적의 공격을 늦춰 시간을 얻자는 계략)였다. 제갈각으로부터 말미를 얻어 낸 장특은 그사이에 성안에 있는 집을 허물어 성벽을 보수했다. 열흘 동안 군사들을 재정비한 장특은 성 위에 올라 오군에게 큰 소리로 외쳤다.

"우리에게는 아직도 반년은 더 먹을 양식이 있다. 네놈들에게 항복할 일이 없다. 어디 다시 한 번 덤벼 보아라!"

《손자병법》에도 강한 적은 속임수로 극복하라는 말이 있다. 장특은 그 병법에 충실한 장수로 제갈각을 속임수로 막아 낼 궁리를 한 것이다.

제갈각은 속았다는 사실을 뒤늦게 깨닫자 화가 머리끝까지 치밀어 명령을 내렸다.

"내 저놈을 가만두지 않으리라! 당장 저 성을 무너뜨려라!"

제갈각은 군사들을 거세게 몰아붙였지만 쉬면서 전열을 재정비한 성에서는 화살이 빗발치듯 쏟아졌다. 앞장서서 독려하던 제갈각은 그만 이마에 화살이 스치고 지나가 말에서 떨어지고 말았다.

"아악!"

이를 본 군사들은 더 이상 싸울 전의를 상실했다. 게다가 날씨마저 무더워 군사들은 병으로 속속 쓰러졌다.

며칠 뒤 상처가 아문 제갈각이 다시 공격하려 하자 부하 장수 하나가 말했다.

"지금 군사들은 병에 걸려 괴로워하고 있습니다. 더 이상 싸우는 것은 무모합니다."

"듣기 싫다. 또다시 군사들이 병에 걸렸다고 지껄이는 자가 있으면 목을 베어 버리겠다."

군사들은 그 이야기를 전해 듣고는 모두 겁에 질렸다.

"이래 죽으나 저래 죽으나 죽기는 마찬가지다."

"맞아. 개죽음은 싫어."

군사들은 도망가거나 뿔뿔이 흩어졌다. 지나치게 규율이 엄한 군대에서 흔히 볼 수 있는 일이다. 이때 오의 도독인 채림마저 위에 항복했다는 소식이 들렸다.

"아, 어쩔 수가 없구나. 분하지만 다음 기회를 노려야겠다."

제갈각은 비로소 퇴군을 명령했다.

하지만 위군이 퇴각하는 적군을 호락호락 놓아줄 리 없었다.

"그동안 시달린 원수를 갚자!"

관구검이 군사를 일으켜 오군의 뒤를 쳤다. 크게 패한 오군은 동오로 돌아갔다.

제갈각은 자신의 잘못 때문에 사람들에게 비난을 받을까 두려웠다.

"아무도 나를 비난하지 못하도록 해야겠다."

제갈각은 선제적으로 조정 관원들의 죄를 들춰내어 무거운 죄를 지은 자는 목을 베고 가벼운 죄를 지은 자는 귀양을 보내는 식으로 공포 정치[†]를 폈다. 그뿐만 아니라 심복 장수인 장약과 주은에게 황제의 직속 부대이며 경호대인 어림군을 통솔하게 하여 병권을 더욱 강화했다.

손권이 살아 있을 때 남다른 사랑을 받으며 어림군을 장악하고 있던 손준은 제갈각의 명령으로 장약과 주은에게 병권을 내주게 되었다.

"제갈각 저자가 저토록 거리낌 없이 멋대로 굴다니……!"

손준이 크게 상심해 있을 때 제갈각과 사이가 좋지 않던 등윤이 찾아왔다. 등윤은 손준에게 은근히 권했다.

"제갈각이 권력을 휘두르며 함부로 공경대부들을 살해하고 있습니다. 이자가 역심을 품은 것이 분명한데 어찌하실 겁니까?"

"나 역시 그렇게 생각하고 있었소. 아무리 생각해도 황제에게 표문을 올려 그자를 죽여야겠소."

손준과 등윤은 궁으로 들어가 손량을 알현하며 제갈각을 죽일 것을 간했다.

"폐하, 제갈각의 무도함이 극에 달했습니다. 죽여야 합니다."

"이러다간 황실도 위태롭습니다."

손량은 기다렸다는 듯이 말했다.

"나 역시 제갈각의 횡포에 두려움을 느끼고 있었소. 하지만 그자를 어떻게 제거해야 될지 방법을 찾지 못했는데 경들이 이렇게 충성심을 보여 주니 고마울 뿐이오. 지혜를 내주시오."

그러자 등윤이 지략을 내놓았다.

"잔치를 열어 제갈각을 부르십시오. 그러면 그 뒤는 저희가 해결하겠습니다."

손량은 그 말에 따르기로 했다.

이때 제갈각은 늘 불안에 떨며 지냈다. 싸움에 패하여 돌아온 뒤로는 병을 핑계 삼아 집 안에만 머물고 있었다. 하루는 제갈각이 잠자리에 들었지만 왠지 자꾸만 불안해서 잠을 이루지 못하고 있었다. 그런데 갑자기 안채에서 벼락 치는 소리가 났다. 제갈각이 달려가 보니 대들보가 두 동강이 나며 안채가 무너져 내린 것이다.

"이런 불길한 징조가 어디 있단 말이냐."

제갈각은 너무나 불안하고 두려웠다. 이렇게 두려워하고 있을 때 황제의 사자가 찾아와 연회에 참석하라고 했다.

"황제께서 궁으로 들라 하십니다."

곧 수레와 의장을 대령하여 제갈각은 궁으로 가려 했다. 그런데 갑자기 기르던 개가 나타나 옷을 물고 늘어지는 것이었다.

"이 개가 나를 놀리는 것이냐? 여봐라! 이 개를 당장 물리쳐라!"

반대파의 세력을 과도하게 탄압해서 사회에 극도의 공포 분위기를 조성하는 정치를 공포 정치라고 해. 이때 제갈각은 공포 정치로 자신의 실수를 가리려 했어. 역사를 살펴봐도 공포 정치를 시행하는 자들은 그 결과가 늘 좋지 않았어. 이는 용수철을 과도하게 누르면 더 강하게 튕겨 나오는 것과 같은 이치야.

제갈각은 사람들에게 개를 쫓아 버리게 한 뒤 수레를 타고 부중을 나섰다. 그러자 심복인 장약이 다가와 말렸다.

"오늘 느낌이 좋지 않습니다. 입궁하지 마십시오."

제갈각은 그 순간 정신이 번쩍 들었다. 일련의 조짐이 그렇다는 생각이 든 것이다.

"내가 생각해도 그렇다."

수레를 돌리려 할 때 손준과 등윤이 달려와서 말했다.

"어찌하여 태부는 돌아가려 하십니까?"

"내 몸이 좋지 않소이다."

"지금 조정에서는 태부가 회군하신 이래로 이야기를 제대로 못 들었다며 잔치를 베풀어 국가 대사를 논하려 하고 있습니다. 반드시 참석하시는 것이 황제의 명을 따르는 길입니다."

이렇게까지 이야기하니 제갈각은 거절할 수 없어 궁으로 들어갔다. 장약도 그 뒤를 따랐다. 제갈각은 손량을 알현하고 예를 갖추었다. 술이 몇 순배 돌았다.

"짐은 볼 일이 있어 먼저 일어나겠소이다."

손량이 자리에서 일어났다. 손준도 전각 아래로 내려가더니 관복을 벗었다. 그 안에 간편한 갑옷을 입고 있었다. 시퍼런 칼을 뽑아든 손준은 전각 위로 뛰어오르며 말했다.

"역적 놈을 죽이라는 황제의 명령이시다!"

제갈각은 술잔을 집어던지고 칼을 뽑아 막으려 했지만 이미 늦었다. 손준의 칼에 목이 잘려 땅바닥에 나뒹굴었다.

장약이 얼른 칼을 뽑아 손준에게 달려들었지만 손준은 재빨리 몸을 피했다. 장약이 휘두른 칼에 손가락을 다쳤을 뿐이다. 이때 휘장 뒤에 숨어 있던 무사들이 일제히 뛰쳐나와 장약을 때려눕히고 칼로 마구 찔렀다. 손준이 명령을 내렸다.

"제갈각의 가솔들을 모두 죽여라! 그리고 제갈각과 장약의 시체는 공동묘지 구덩이에 내다 버려라."

제갈각의 집안사람들은 모두 붙잡혀 저잣거리로 끌려가 순식간에 목이 떨어져 나갔다. 건흥 2년(253) 10월에 벌어진 일이었다.

죽은 제갈각은 지나치게 총명한 것이 화를 불렀다. 예전에 제갈근은 아들이 너무 총명하여 이렇게 말한 적이 있었다.

"이 아이는 집안을 보전할 주인이 될 수는 없겠다."

또한 위의 광록대부였던 장집은 예전에 사마사에게 이렇게 말한 적이 있었다.

"제갈각은 오래지 않아 죽을 것입니다."

"어찌하여 그러한가?"

"그 위엄이 왕을 누를 정도이니 오래 살기는 힘들 것입니다."

오주인 손량은 손준을 승상과 대장군으로 삼고 모든 군사의 일을 총괄하게 하여 병권을 맡겼다.

2
제갈공명의 유업

강유는 자신을 믿고 중용한 제갈공명의 은혜를 갚기 위해서라도 반
드시 위를 정벌하려 했다. 촉한 연희 16년(253) 가을에 강유는 다시 군사
를 일으켰다. 이십만 대군이었다. 군사를 이끌고 양평관을 나와 대장정
에 오를 때 강유가 믿을 수 있는 장수는 귀순한 하후패뿐이었다.

"장군, 이번에 다시 우리가 옹주를 취하려 한다면 저자들은 이미 만
반의 준비를 하고 있을 텐데 혹시 좋은 계책이 있으시오?"

"농상은 풍요로운 땅입니다. 그중에서도 남안이 곡식과 재물이 가장
풍부하니 그곳을 먼저 취하는 것이 중요합니다."

"하지만 지난번에 크게 실패하지 않았소?"

"우리가 실패한 것은 강병(羌兵)이 오지 않았기 때문인데 이번에는 사람을 보내서 아예 중간에 만나 함께 가는 것이 좋겠습니다. 그들과 힘을 합쳐서 군사를 이끌고 가면 남안을 취할 수 있을 것입니다."

아무래도 신의가 약한 강족이니 그들을 믿고 큰일을 도모한다는 것은 쉽지 않다는 것을 깨닫고 내놓은 대책이었다.

"이번에는 만사에 튼튼하게 대비합시다."

강유는 촉에서 나는 비단과 각종 금은보화를 강왕에게 보내어 우호를 맺었다. 강왕인 미당은 예물을 받자 곧바로 오만 명의 군사를 일으켜 장수 아하소과를 선봉으로 삼아 남안으로 군사들을 이끌고 왔다.

위의 좌장군 곽회는 이 소식을 급히 낙양에 알렸다. 사마사는 급보를 받자 장수들을 모아 놓고 대책을 의논했다.

"촉군이 다시 쳐들어오고 있다. 어떻게 대적하면 되겠는가?"

보국장군 서질이 먼저 나섰다.

"제가 가서 막아 내겠습니다."

사마사는 기뻐하며 서질을 선봉으로 삼았다. 대도독은 사마소였다.

농서를 향하여 출발한 위군은 동정 땅에서 강유의 군사들과 맞닥뜨렸다. 서질이 기선을 제압하기 위해 큰 도끼를 휘두르며 촉군에게 도발했다. 촉군에서는 요화가 나와 그와 맞서 싸웠지만 몇 합 싸우지 못하고 물러났다. 그러자 그 뒤를 이어서 장익이 나섰다.

"네 이놈! 내 창을 받아라!"

장익이 창을 휘두르며 서질에게 도전했지만 역시 당해 내지 못했다.

두 장수를 꺾어 기세가 오른 서질이 군사들을 휘몰고 들어가 촉의 진영을 마구 짓밟았다. 촉군은 크게 패하여 삼십 리를 물러나고 말았다. 사마소는 군사를 거두어 영채를 세우고 다음 공격을 준비했다.

싸움에 패한 강유는 서질의 용맹함에 내심 놀랐다.

"어떻게 하면 저자를 사로잡을 수 있겠소?"

하후패가 계책을 내놓았다.

"내일 거짓으로 패한 척하십시오. 매복하여 기다리면 저자를 능히 이길 수 있을 것입니다."

그러나 강유는 고개를 저었다.

"사마소도 만만치 않을 것이오. 병법을 모를 리 없소. 매복계를 쓰더라도 의심하며 쫓아올 것이니 쉽게 성사하긴 어렵소."

"그럼 어찌하시겠습니까?"

"위군이 우리 군량 보급로를 여러 번 끊지 않았소? 역으로 우리가 저들의 보급로를 끊으면 서질이 쫓아올 것이고, 그때 없앨 수 있을 것이오."

강유는 요화를 불러 분부를 내리고 장익에게 어찌어찌 싸우라고 꾀를 일러 주었다. 강유는 군사들을 시켜 영채 앞에 기병이 쳐들어오지 못하도록 마름쇠를 깔아 놓고 영채 바깥에는 녹각을 세워서 오랫동안 버틸 모양새를 취했다.

위군의 서질은 매일 영채로 와 싸움을 걸었지만 촉군은 아무 반응도 보이지 않았다. 그때 정탐꾼이 돌아와 사마소에게 보고했다.

"촉군이 장기전에 돌입하려 합니다. 목우(木牛)와 유마(流馬)로 군량과 마초를 운반하고 있으며 강병이 지원군으로 오기를 기다리는 것 같습니다."

사마사는 서질을 불러들여 작전을 지시했다.

"촉군이 철롱산 뒤에서 군량을 운반하고 있다. 그대가 오천의 군사를 이끌고 나가 보급로를 끊어라. 그러면 또다시 물러날 것이다."

"명령대로 시행하겠습니다."

그날 밤 서질이 군사를 거느리고 철롱산 뒤쪽으로 돌아가 보니 과연 촉군 수백 명이 목우와 유마를 몰아 군량과 마초를 운반하고 있었다.

"저것을 빼앗아라!"

명이 떨어지자 위군이 함성을 지르며 치고 들어갔다. 서질이 앞장서서 길을 막자 촉군은 대항하지 못하고 수레를 버린 채 도망쳤다.

"군사들의 반은 이 군량을 가지고 가라. 나머지 반은 나와 함께 촉군을 쫓는다."

서질은 노획한 물건들을 본채로 보낸 뒤 자신은 촉군의 뒤를 추격했다. 십여 리를 쫓아갔을까. 촉군이 버리고 간 수레들이 눈에 띄었다. 길을 막고 있는 수레들을 치우게 하고 길을 여는데 갑자기 길 양쪽에서 불길이 치솟으며 복병이 모습을 드러냈다.

"아뿔싸! 적들의 계략에 빠졌다. 후퇴하라!"

서질이 급히 말머리를 돌려 왔던 길로 돌아가는데 뒤쪽 산기슭에도 수레들이 어지럽게 놓여 길을 가로막고 있었다. 그뿐만 아니라 사방에서 불길이 치솟아 올랐다.

"혈로를 뚫어라!"

서질은 자욱한 연기 속에서 길을 뚫기 위해 말에 채찍을 가해 달리고 또 달렸다. 이때 좌우에서 촉군이 쏟아져 나왔다. 왼쪽에서 요화가 나오며 외쳤다.

"서질은 기다려라!"

오른쪽에서는 장익이 나타났다.

"너희들은 오늘 다 죽은 목숨이다!"

결국 접전 끝에 위군은 대패를 당하고 말았다. 서질은 간신히 목숨을 건져 도망치는데 또다시 한 떼의 군사들이 길을 막아섰다. 선두에 선 장수는 바로 강유였다.

"어리석은 놈. 목을 내놓아라."

서질이 당황해서 허둥거리는데 강유가 창을 휘둘러 서질의 말을 찔렀다. 말이 쓰러지면서 서질은 땅바닥에 굴러떨어졌다. 그 순간 촉군들이 달려들어 난도질하여 서질을 죽여 버렸다.

이때 서질의 명을 받아 군량을 후송하던 군사들도 모두 기다리던 하후패의 군사들에게 사로잡혔다. 첫 싸움에서 강유의 계략으로 보기 좋게 승리한 것이었다.

"위군의 옷과 갑옷으로 갈아입어라!"

하후패의 명에 따라 촉의 군사들은 옷과 갑옷을 바꿔 입어 위군으로 위장했다. 그리고 위군의 말을 타고 위군의 깃발을 휘날리며 영채를 향해 달려갔다.

"문을 열어라!"

영채에 있던 위군은 자기 군사들인 줄 알고 얼른 문을 열어 주었다. 위의 영채로 들어간 촉군은 본색을 드러내며 위군을 마구 짓밟았다.

"촉군이 위장하여 쳐들어왔습니다."

깜짝 놀란 사마소는 황급히 말을 타고 도망치려 했다. 그때 요화가 군사들을 거느리고 앞을 막아섰다.

"어딜 가느냐?"

사마소는 서둘러 말머리를 돌렸지만 강유가 샛길로 쳐들어오는 것이 보였다. 사방을 살펴보았지만 도망갈 길이 없었다.

"산꼭대기로 도망가자!"

사마소는 군사들을 이끌고 철롱산 위로 올라가 영채를 구축했다. 길은 외길이고 사방은 깎아지른 절벽이어서 버틸 만했다. 다른 길로는 촉군이 공격할 수 없었기 때문이다. 하지만 그곳에는 고작 백여 명의 군사들이 마실 수 있는 샘물이 하나 있을 뿐이었다.

"군사들을 점검하라."

살아남은 군사들을 세어 보니 모두 육천 명이었다. 백 명이 마실 수 있는 샘물로는 버티기 힘들었다. 하나뿐인 길목을 강유가 봉쇄해 버려 사마소의 군사들은 갈증에 허덕일 수밖에 없었다. 강유의 신묘한 계책에 꼼짝없이 당한 것이다.

"여기서 죽을 수밖에 없구나."

사마소가 탄식하자 주부인 왕도가 말했다.

"과거에 우물에 절을 하며 기원하면 우물물이 늘어나는 경우가 있었다고 합니다. 장군도 한번 해보십시오."

사마소는 예물을 갖추어 산꼭대기에 있는 우물가에서 절을 하고 제사를 지냈다.

"이 몸은 황제의 명을 받아 촉군을 물리치러 왔습니다. 제가 죽어 마땅하다면 샘물을 마르게 하시옵소서. 그러면 저는 자결하고 군사들을 살리겠습니다. 그러나 아직 제 수명이 남아 있다면 하늘은 굽어살피시어 샘물을 터져 나오게 해주십시오."

사마소가 기원을 마치고 다시 절을 하자 기다렸다는 듯이 샘물이 펑펑 쏟아져 나왔다.

"물이다! 물이야!"

이로써 군마가 목마름을 해결하여 목숨을 유지하게 되었다. 이 사실을 알지 못하는 강유가 장수들에게 말했다.

"드디어 원수를 갚을 때가 되었다. 지난날 승상께서 상방곡에 진을 치고도 사마의를 잡지 못하신 일이 한이 되었는데 이제 그의 아들 사마소를 내 손으로 잡게 되었구나. 저승에 계시는 승상께서도 기뻐하실 것이다."

한편 곽회는 사마소가 철롱산에 갇혀 곤경을 겪고 있다는 소식을 듣고 곧바로 구원병을 이끌고 떠나려 했다. 그런데 진태가 말렸다.

"지금 강유는 강병과 합류하여 남안 땅을 취하려 하고 있습니다. 강병이 이미 이곳에 왔는데 장군께서 군사를 이끌고 떠나시면 그들은 틀림없이 우리의 뒤를 칠 것입니다. 일단은 강병을 물리치셔야 합니다."

"어찌 물리치라는 것이오?"

"꾀를 내서 저들을 물러가게 하시지요. 항복한 척하십시오."

진태가 이리저리 계책을 말하자 곽회는 고개를 끄덕이며 진태에게 군사 오천을 주었다. 군사들을 거느리고 강병의 영채에 도착한 진태는 갑옷을 벗고 투구를 집어던진 뒤 강왕인 미당 앞에 엎드려 거짓으로 항복했다.

"그대는 어찌하여 항복하는가?"

"곽회가 저를 죽이려 하기에 투항하려고 왔습니다."

"그렇다면 그대는 곽회의 군사 기밀을 다 알고 있으렷다."

"물론입니다. 오늘밤에 군사들을 거느리고 가서 치신다면 반드시 성공할 수 있습니다. 우리가 도착하면 안에서도 도와주기로 밀조가 되어 있습니다."

단순한 미당은 기뻐하며 아하소과에게 위군의 영채를 기습하라는 명령을 내렸다. 아하소과는 투항한 진태의 위군을 앞장세워 한밤중에 위군의 영채에 도착했다. 영채의 문은 이미 열려 있었다.

"영채로 들어가십시다."

말을 재촉해 진태가 먼저 영채 안으로 들어갔다. 그 뒤를 따라 아하소과도 영채로 막 들어서는 순간, 땅이 꺼지는 느낌이었다.

"아악!"

아하소과는 외마디 비명을 지르며 말과 함께 함정 속으로 빠졌다. 뒤따르던 진태의 군사들이 강병들을 마구 무찔렀고 곽회의 군사들도 공격해 왔다. 대장을 잃은 강병들은 갈팡질팡하다가 항복했고, 함정에 빠진 아하소과는 스스로 칼로 목을 찔러 자결했다.

대승을 거둔 곽회와 진태는 군사들을 이끌고 곧바로 강병의 영채로 쳐들어갔다. 기습을 당한 미당은 말을 타고 도망치려 했지만 위군에게 사로잡혀 포로가 되고 말았다. 미당이 결박당한 채 끌려오자 곽회가 얼른 말에서 내려 결박을 풀어 주며 잘 대해 주었다.

"조정에서는 공을 높이 평가해 왔는데 왜 촉군을 돕는 것이오?"

죽을까 봐 두려워하던 미당은 마음을 놓으며 감격했다.

"죄송합니다. 제가 어리석어서 그런 짓을 했습니다."

"공이 앞장서서 철롱산의 포위를 풀고 촉군을 함께 물리쳐 준다면 내가 황제에게 주청하여 큰 상을 내리겠소."

"그 말을 따르겠습니다."

강병에게 신의라는 것은 애초부터 없었다. 더 큰 포상을 준다고 하자 미당은 강유와의 약속을 손바닥처럼 뒤집고 곽회의 말을 따르기로 했다. 그리하여 미당의 강병은 전군이 되고 위군은 후군이 되어 철롱산으로 말을 달렸다. 그들은 깊은 밤에 철롱산에 도착했다.

미당은 강유에게 사람을 보내어 자신이 왔음을 알렸다.

"무엇이? 미당이 왔다고? 이거야말로 대승을 위한 좋은 징조다."

강유가 기뻐하며 미당을 영채로 맞아들였다. 그때 많은 위군이 강병들 속에 섞여 있었다. 미당은 백여 명의 부하들을 이끌고 중군 장막 앞까지 들어왔다. 강유와 하후패는 안심하고 미당을 맞았다. 그 순간이었다.

"원수들을 죽여라!"

위의 장수가 본색을 드러내며 군사들을 휘몰아 달려드는 것이었다. 깜짝 놀란 강유는 말을 타고 도망쳤다. 위군과 강병이 한꺼번에 처들어오자 대비하지 못하고 있던 촉군은 순식간에 혼란에 빠졌다. 군사들은 제각각 목숨을 구해 도망치기 바빴다.

강유는 너무 놀란 나머지 칼과 화살을 다 두고 빈 활만 들고 도망쳤다. 산속으로 정신없이 도망가는 것을 곽회가 쫓아왔다. 강유의 손에 아무 무기도 없는 것을 본 곽회는 바람처럼 말을 몰아 단번에 죽이려 했다. 그러나 강유는 꾀를 내어 빈 활로 시위를 퉁기며 활을 쏘는 것처럼 흉내를 냈다.

"에크!"

십여 차례나 곽회가 엎드려 피했지만 그때마다 화살이 날아오지 않았다. 그제야 그는 강유에게 화살이 없다는 것을 알았다.

"저놈이 간계를 부리는구나. 이번엔 내 화살 맛을 보아라."

있는 힘껏 자신의 활을 당겨 강유에게 화살을 쏘았다. 하지만 강유는 몸을 슬쩍 피하더니 기다렸다는 듯 날아오는 화살을 손으로 그대로 잡았다.[†] 놀라운 무공이었다. 그리고 그 화살을 자신의 활에 메겨 다가오는 곽회를 향해 쏘았다. 그러나 곽회는 이번에는 진짜 활에 화살이 메겨 있다는 것을 알지 못했다. 방심하는 사이에 화살은 그대로 날아와 곽회의 머리를 맞혔다.

"으악!"

곽회는 비명을 지르며 말에서 떨어졌다.

"네놈의 목을 베겠다."

날아오는 화살을 손으로 정말 잡을 수 있을까? 과학적으로 계산해 보면 오늘날의 올림픽 경기에서 양궁의 화살 속도는 초속 65미터 정도라고 해. 그런데 국궁은 좀 더 강해서 초속 70미터가 넘어. 다시 말해 시속 270킬로미터 정도의 빠른 속도야. 하지만 활을 쏠 정도의 거리라면 최소한 수십 미터에서 백 미터 이상일 테니 화살의 속도는 현저히 떨어진다고 봐. 그때 잡는 거라면 크게 어려울 것도 없어. 야구에서 메이저리그 강타자가 휘두른 공을 가까운 곳에 있는 투수나 내야수가 놓쳐도 외야수는 여유롭게 잡는 것과 같은 이치지.

강유가 말머리를 돌려 곽회를 죽이기 위해 달려왔으나 위군이 몰려오는 바람에 곽회의 창만 빼앗았다.

위군은 강유의 뒤를 쫓지 않고 곽회를 구해 돌아갔다. 영채로 돌아와 곽회의 머리에 박힌 화살촉을 뽑았지만 피가 멎지 않는 바람에 곽회는 죽고 말았다.

포위가 풀리자 사마소는 철롱산에서 내려와 강유를 뒤쫓았지만 찾지 못하고 돌아갔다. 하후패도 간신히 목숨을 건져 강유와 합류했다.

이번 원정도 실패였다. 그들은 한중으로 돌아갈 수밖에 없었다. 강유의 원정은 실패로 끝났지만 곽회와 서질을 죽인 공로를 인정받아 벌을 받지는 않았다.

3
돌고 도는 역사

위는 오와 촉을 모두 물리쳐 크게 한숨을 돌렸다. 하지만 안으로는 한층 빨리 쇠락하고 있었다. 무엇보다도 그 두 번의 싸움이 사마의의 죽음으로 흔들리던 사마사, 사마소 형제의 위세를 공고히 해주었기 때문이다.

위주인 조방은 사마사가 궁궐로 들어오는 것만 봐도 몸이 떨리고 앉은 자리가 가시방석 같았다. 하루는 사마사가 칼을 찬 채 전상으로 오르자 조방은 겁이 나 옥좌에서 일어나 사마사를 맞이했다.

"어서 오시오, 장군. 별고 없으셨소?"

황제가 먼저 신하의 안부를 묻는 지경이 되었다.

"황제께서 어찌 신하를 이렇게 맞으십니까? 바라옵건대 마음을 편히 가지십시오."

사마사는 거만한 얼굴로 몇 마디 건네고는 뒤도 돌아보지 않고 퇴궐했다.

'아, 저 오만한 자 때문에 이렇게 숨죽이고 지내야 하는가.'

조방은 원통한 마음이 들었다. 할아버지인 조조가 어떻게 세운 나라인데 이런 치욕을 겪나 싶었다. 가만히 있다간 사마씨 집안이 어떤 야욕을 보일지 불을 보듯 뻔했다. 자신들의 천하를 만들 것이 분명했다. 해볼 수 있는 일은 무엇이든 해봐야겠다는 생각이 들었다.

'이대로 당할 수는 없다.'

그렇게 하려면 거사를 도울 심복이 필요했다. 조방 곁에는 믿을 만한 신하 세 사람이 있었다. 태상 하후현[†], 중서령 이풍[†], 광록대부 장집이 그들이었다. 장집은 황제의 장인이기도 했다.

"그대들은 내전으로 드시오. 내 긴히 의논할 일이 있소."

어전 회의가 끝나고 대신들이 퇴궐할 때 조방이 은밀하게 지시를 내렸다. 그런 다음 시종들을 멀리 물러나 있게 하고 세 사람만 내실로 들였다. 조방은 먼저 장집의 손을 잡고 흐느끼며 말했다.

"사마사는 짐을 어린아이 보듯 하고 조정의 신하들을 티끌만치도 귀하게 여기지 않고 있소이다. 머지않아 이 나라가 그의 손아귀에 들어갈 것이 분명하니 이를 어쩌면 좋겠소? 으흐흐흐!"

조방이 크게 통곡하니 이풍이 비통해하며 말했다.

"소신들이 충심이 부족하여 일을 이 지경으로 만들었습니다."

"부디 짐을 도와주시오."

슬퍼하는 황제를 보자 그들은 격한 감정이 일었다.

"폐하께서는 너무 심려하지 마옵소서. 비록 재주는 없으나 신들이 나서겠습니다."

"어떻게 하면 되겠소?"

조방은 물에 빠진 사람이 지푸라기라도 잡는 심정으로 물었다.

"조서 한 장만 내려 주시면 못할 일이 없습니다."

"조서라고요?"

"그렇습니다."

"역적을 물리치는 일이 그렇게 간단한 일이란 말이오?"

"조서만 있다면 사방의 영웅들을 불러 모아 사마씨 형제의 씨를 말릴 수 있습니다."

중앙 조정의 문제를 지방의 영웅들을 불러들여 해결하는 것, 이것은 중국 역사에서 계속 반복되는 방법이었다. 한나라 말기에도 이와 같은 일을 하진이 벌여서 동탁이 오게 되었고

하후현은 위의 명장 하후상의 아들이자 조상의 사촌 형제야. 조조의 가문이 원래 하후씨이기 때문이지. 그 사실은 알고 있겠지? 그 뒤 꾸준히 벼슬이 높아져 태상까지 되었지. 황제인 조방이 유일하게 신뢰할 수 있는 신하야.

～

이풍은 여기에서 함께 정변을 꾸미는 것으로 나오지만 정사에 의하면 대장군인 사마사가 소문을 듣고 이풍을 만나자고 불러 죽인 것으로 나와. 한마디로 이풍은 영문도 모르고 죽은 셈이지.

그로 인해 난리를 자초했다. 그 뒤에 다시 똑같은 전횡이 벌어지지만 이 상황에서 황제가 해볼 수 있는 것은 그 방법뿐이었다.

"필요하다면 내 직접 조서†를 쓰겠소."

곁에 있던 하후현도 뿌드득 이를 갈며 말했다.

"저도 폐하를 위해 나서겠습니다. 저는 그동안 숙부 하후패가 촉에 투항한 것이 마음에 걸려 죽은 듯 고개 숙이고 있었습니다."

"그대의 마음은 내가 아오."

"하지만 곰곰이 생각해 보면 숙부가 그리 한 것은 바로 사마씨 형제의 흉악한 음모를 피하기 위한 탁견이었습니다. 역적들을 제거한다면 숙부도 돌아와 옛날처럼 충성을 다할 것이옵니다."

"그것이 정말이오?"

"저희 집안은 황실과 원래 친척이 아닙니까? 가만히 앉아서 역적들이 나라를 무너뜨리는 것을 보고 있을 수만은 없습니다. 조서만 내리시면 받들어 천하의 영웅들과 함께 역적을 반드시 물리치겠습니다."

조방은 그제야 울음을 그치고 말했다.

"경들의 충성된 마음이야 어찌 내가 모르겠소? 다만 힘이 닿지 못할까 걱정될 따름이오."

조방의 눈물 젖은 얼굴을 보자 세 사람은 가슴이 미어지는 것 같아 통곡하며 아뢰었다.

"하늘에 맹세합니다."

"마땅히 마음을 합해 역적을 없앨 것을 맹세합니다."

"그로써 폐하의 크나큰 은덕에 보답할 것이옵니다!"

조방은 가슴이 벅차올랐다.

"아, 그대들이야말로 충신이로다."

조방은 곤룡포 속에 입고 있던 적삼을 벗었다. 용과 봉이 수놓인 헝겊에 조서를 쓰려고 하니 붓과 먹이 없었다. 내관들에게 가져오라고 하면 곧바로 그 사실이 사마씨 형제의 귀에 들어갈 것이 뻔했다.

"에잇!"

조방은 손가락을 이로 깨문 뒤 피로 조서를 쓰기 시작했다. 그만큼 절실했던 것이다.

"흑흑! 폐하!"

세 사람은 그 슬픈 광경에 눈을 뜨지 못하고 흐느꼈다.

조서의 내용은 자신의 억울함을 드러내며 도와 달라는 것이었다. 조방은 다 쓴 조서를 장집에게 건네며 당부했다.

"이걸 쓰다 보니 짐의 할아버지 무황제께서 동승을 죽이신 일이 생각나오. 그때 동승이 실패한 것은 치밀하지 못했기 때문이오. 그러니 경들은 이번 일을 행함에 있어 극히 삼가고 조심해 절대 비밀이 새어나가지 않도록 유의하시오. 우리 모두의 목숨이 걸린 일이오."

이렇다 할 의사소통 수단이 서신밖에 없던 시절이라 황제의 조서나 밀서가 비선의 주요 의사소통 방법이었어. 조조는 가짜 조서를 가지고 천하의 영웅들을 불러 모았었어. 오늘날 가짜 뉴스가 나도는 것과 크게 다르지 않아.

조방이 두려워하는 것을 보고 이풍이 안심시키는 말을 했다.

"폐하께서는 어찌하여 그런 불길한 말씀을 하십니까? 소신들은 동승의 무리처럼 어리석지 않으니 아무 걱정도 하지 마십시오."

"맞습니다. 게다가 사마사 따위를 어찌 무황제와 비교할 수 있겠습니까? 심려치 마십시오."

"폐하께서는 안심하십시오."

그들은 조방이 두려워서 지레 포기할까 봐 거듭 안심시켰다. 역사는 반복된다고 했던가. 조조가 벌였던 일과 비슷한 사태가 얼마 지나지 않아 황궁에서 똑같이 벌어지고 있었다. 조서를 받아 몰래 감춘 세 사람은 황제의 내실에서 빠져나오며 소곤거렸다.

"우리는 아주 조심해서 이 일을 성사시켜야 하오."

"맞는 말씀이오. 만에 하나 기밀이 새어 나가면 우리는 살아남을 수 없소이다."

목숨이 걸린 일이었다. 비밀을 지키고 안전에 유의해도 성사될 확률은 크지 않았다.

하지만 그들이 미처 궁궐을 빠져나가기도 전에 사달이 나고 말았다. 궁내에는 이미 사마씨의 첩자들이 잔뜩 심어져 있었기 때문이다.

"대신 세 사람이 폐하와 은밀하게 만나고 있습니다."

이 수상한 만남에 대한 첩보가 사마사에게 즉시 올라갔다. 세 사람이 동화문에 이르렀을 때였다. 저만치에서 서슬 퍼런 기세로 사마사가 칼을 차고 걸어오는 것이 아닌가. 수백 명의 무장한 병사들의 호위를 받으며 오는 모습이 마치 저승사자 같았다. 세 사람이 길가로 비켜서며 예를 표했다. 그러자 사마사가 다가와 잡아먹을 듯 의심스러운 눈초리로 물었다.

"그대들은 어째서 이리 늦게 퇴조하는 것이오?"

이풍은 당황했지만 시치미를 떼며 둘러댔다.

"폐하께서 경전을 읽으시기에 우리 세 사람이 곁에서 함께 읽고 토론을 했습니다."

평상시 같았으면 그냥 넘어갈 수도 있지만 이미 사마사는 의심의 실마리를 잡고 있었다. 그냥 넘어갈 리 없었다. 사마사가 이풍을 날카롭게 살피며 물었다.

"그렇단 말이지요?"

"그렇습니다."

"어떤 책을 읽으셨소?"

"하, 상, 주 삼대의 책을 읽으셨습니다."

"오, 그렇소? 그렇다면 그 책들을 읽으시면서 어떤 옛일을 물으셨소?"

사마사가 취조하듯 물었다. 이풍은 당황스러웠지만 눈썹 하나 까딱하지 않고 천연덕스럽게 둘러대었다.

"이윤이 상나라를 받든 일과 주공이 섭정하시던 대목을 읽고 논의했습니다."

"무슨 논의를 한 것이오?"

간신의 속성을 누구보다 잘 알고 있는 이풍이었다. 허튼소리를 할 리 없었다.

"우리 세 사람은 이구동성으로 말했습니다. 사마 대장군이야말로 지금의 이윤†이며 동시에 주공†이라고."

그 말에 사마사가 코웃음을 쳤다. 말투도 거칠어지기 시작했다.

"너희들이 나를 이윤과 주공에 견주었다고? 실제로는 분명히 나를 왕망이나 동탁에 견주었을 것이다. 그렇지 않은가?"

"아닙니다. 저희는 모두 장군의 문하에 있습니다."

"맞습니다. 어찌 감히 그럴 수가 있겠습니까?"

"말도 되지 않습니다."

세 사람이 두 손을 내저으며 극구 부인했지만 오히려 그것이 더욱 수상하게 느껴졌다. 사마사는 버럭 고함을 질렀다.

"너희들은 입에 발린 말만 늘어놓는 거짓말쟁이다. 그렇다면 폐하와 내실에서 왜 통곡했느냐?"

"……."

세 사람은 얼굴이 하얗게 질렸다. 누군가 밀고했다는 것을 깨달았기 때문이다. 하지만 이대로 인정할 수는 없었다. 끝까지 부인해야 했다.

"천부당만부당합니다."

"결코 그런 일은 없었습니다."

이미 감을 잡은 사마사가 그냥 물러날 리 없었다.

"너희들의 눈이 아직도 벌겋다. 그게 운 흔적이 아니고 무엇이냐?"

사마사가 계속 몰아세우자 하후현은 이미 일이 어그러졌음을 깨달았다. 이렇게 된 바에는 사나이의 기개를 보여 주는 것이 낫다고 생각했다. 하후현은 모든 것을 포기하고 목소리를 높여 사마사를 꾸짖었다.

"네 이놈! 우리가 통곡한 것은 바로 네놈 때문이다. 너의 위세가 주인

보다 높기 때문에 통탄하여 운 것이다. 장차 네놈은 역적이 되어 제위를 찬탈할 것이 불을 보듯 훤하다. 우리는 그를 슬퍼했다. 참으로 나라가 걱정이다."

사마사가 성난 목소리로 무사들에게 명령했다.

"이놈들을 다 포박하라."

하후현이 무인답게 주먹을 휘두르며 사마사에게 달려들었지만 이미 다가온 무사들에게 붙잡혀 밧줄로 묶이고 말았다. 사마사는 이풍과 장집도 묶게 한 뒤 명령을 내렸다.

"저놈들의 몸을 뒤져라!"

무사들은 세 사람의 몸을 뒤지다가 장집의 품속에서 용봉 적삼에 쓰인 황제의 혈서를 찾아냈다. 사마사는 혈서를 펼쳐 읽어 보았다.

사마씨 형제가 권력을 쥐고 반역을 도모하려 한다. 지금 조정에서 베푸는 정치나 내린 조칙은 모두 짐의 뜻이 아니다. 이는 사마씨 형제들이 전횡을 휘두르는 것임을 분명히 밝히노라. 뜻이 있는 모든 신하와 장졸들은 충의로 역적을 쳐 없애고 흔들리는 나라를 바로잡아 주기 바란다. 공을

이윤은 하나라의 신하였어. 나라가 잘되라고 왕에게 간언했지만 받아들여지지 않으니까 상나라로 가서 탕왕을 만나게 되었지. 거기에서 요리사였던 자신의 경험을 바탕으로 천하를 다스리는 이치를 논하고 왕도(王道)를 설파했지.

주공은 주를 창건한 무왕의 동생이야. 무왕이 죽자 주변의 유혹을 뿌리치고 섭정이 되어 무왕의 어린 아들 성왕을 보좌하며 통치 기술을 가르치고 반란군을 제압해 정권의 안정을 도왔어.

이런 이야기를 나눴다고 말하는 건 사마사의 행동이 옳지 않다는 걸 빗댄 거야.

세우는 자들에게는 벼슬과 상을 크게 내릴 것이다.

사마사는 화가 머리끝까지 나서 버럭 소리쳤다.

"나라를 위해 충성을 다한 우리 형제를 해치려는 음모로다. 결코 용서할 수 없다. 이 역적 놈들을 모두 저잣거리에 끌어내어 목을 베고 삼족을 멸해라!"

무사들은 신속히 세 사람을 저잣거리로 끌고 갔다. 동시에 그들의 일족도 모조리 색출하기 시작했다. 이때 세 사람은 무사들에게 끌려가면서 사마사에게 욕설을 퍼부었다.

"네놈은 천벌을 받을 것이다."

"네놈의 욕망도 곧 벌을 받게 될 것이다."

"입 닥쳐라!"

무사들이 소리치는 세 사람의 입을 가격하는 바람에 그들이 저잣거리에 나갔을 때는 이빨이 모두 부러지고 입이 피투성이가 되었다. 하지만 그들은 계속 악다구니를 쓰며 사마씨 형제를 저주했다. 그들이 불귀의 객이 되자 사마사는 군사들을 이끌고 황궁으로 갔다.

"황제는 어디 있는가?"

사마사가 거친 숨을 쉬며 궁으로 들어갔을 때 위주 조방은 장집의 딸인 장 황후와 함께 대책을 논의하고 있었다. 장 황후는 근심스러운 표정으로 말했다.

"폐하, 궁 안에도 사마사가 심어 놓은 자들이 많이 있습니다. 이 일이 그 역적 놈에게 새어 나간다면 가장 먼저 제가 화를 당할 것입니다."

"선제들께서 보호해 주시길 바랄 뿐이오."

이때 사마사가 씩씩대며 나타났다.

"아! 저 역적 놈이 뭔가 눈치를 챈 듯합니다."

황후는 얼굴이 새파랗게 질렸다. 칼을 뽑아들고 달려온 사마사는 조방을 잡아먹을 듯 노려보며 격하게 외쳤다.

"폐하를 임금으로 세운 자가 누구입니까? 신의 아비 아닙니까?"

"그, 그렇소."

"그 공덕이 주공에 못지않습니다. 그리고 신은 폐하를 이윤과 다를 바 없이 섬기고 있습니다."

"……."

"그런데 폐하는 은혜를 원수로 갚으려 합니다. 게다가 공을 허물로 뒤집어 저런 미미한 신하 두엇과 함께 신을 해치려 하다니, 도대체 이유가 무엇입니까?"

다급한 조방은 부인했다. 대답하는 목소리가 와들와들 떨렸다.

"지, 짐은 그런 명을 내린 적이 없소."

"이것을 보고도 그런 적이 없다고 하시겠습니까?"

사마사는 소매 속에서 혈서를 꺼내 내동댕이치며 물었다.

"그럼 이건 귀신이 쓴 것이란 말입니까?"

조방은 혈서를 보자 심장이 쪼그라드는 것 같았다. 온몸이 와들와들 떨려 자신도 모르게 발뺌을 했다.

"그것은 내가 쓴 게 아니오. 다른 신하들이 강요해서 쓴 것이란 말이오. 짐은 추호도 그런 생각을 한 적이 없소. 정말이오. 믿어 주시오."

사마사는 냉정한 얼굴로 쏘아보며 물었다.

"그렇다면 그 반역자들을 어떻게 처벌해야 하겠소이까?"

이쯤 되자 조방은 어쩔 수 없었다. 충신들을 제물로 하고 자신만 빠져나갈 수는 없었다. 조방은 모든 것을 체념하고 말했다.

"미안하오. 이는 모두 짐의 잘못이니 아무쪼록 너그러이 용서해 주시오."

조방은 자신이 황제임을 망각한 듯 살기 위해 사마사에게 무릎을 꿇고 용서를 빌었다. 사마사는 눈썹 하나 까딱하지 않았다.

"폐하의 잘못은 없소이다. 신에게 이렇게 하실 일은 아닙니다. 하지만 국법은 아니 지킬 수가 없습니다. 이 사태를 누가 주동했는지 신은 알고 있습니다."

사마사는 장 황후를 손가락질하며 외쳤다.

"저 여자는 바로 이번 일에 주동이 된 장집의 딸입니다. 마땅히 없애야 합니다."

"아, 아니 되오. 제발 살려 주시오. 내가 잘못했소!"

조방이 울며불며 애원했다. 하지만 사마사는 독사처럼 냉정했다. 무사를 시켜 장 황후를 끌어내게 했다.

"무엇하느냐? 역적의 딸인 저 여자를 끌어내 처단하라!"

장 황후는 마지막까지 황후로서의 체통을 지키려 애썼다.

"네 이놈! 역적 놈이 감히 나를……."

하지만 그런 장 황후를 아무도 도울 수 없었다. 끌려 나간 장 황후는 흰 비단으로 목이 졸려 죽고 말았다. 후세 사람들은 이 일을 두고 지난

날 복 황후†가 죽은 것과 비슷한 일이 벌어졌다며, 이를 사마씨가 똑같이 반복해서 하늘이 조조의 업을 그대로 아들, 손자가 받게 했다고 평했다.

사마사의 전횡은 장 황후를 죽이는 것으로 그치지 않았다. 이참에 조정 내의 불순 세력을 쓸어버리기로 작정한 것이다.

다음 날 조회에서 사마사는 신료들 앞에서 열변을 토했다.

"지금의 황제는 옛날 창읍왕†과 같은 자라 할 수 있소. 이에 비해 나는 이윤이나 곽광과 같은 신하인데 나를 제거하려고 못된 음모를 꾸몄소. 이런 황제를 더 이상 보위에 올려놓을 수는 없소!"

조방을 황제 자리에서 내쫓을 것을 앞장서서 주장했다. 이런 그의 주장에 누가 감히 반대한다는 의견을 낼 것인가. 단 한 사람의 반대도 없이 모두 입을 모아 호응했다.

"지당한 말씀입니다."

"조정의 기강을 바로잡으려면 그 길밖에 없습니다."

사마사는 조방을 제거하고 팽성왕 조거를

복 황후의 사건은 앞에서 이미 나왔지만 다시 한 번 이야기해 줄게. 역사는 되풀이된다는 것을 알 수 있으니까. 조조가 한창 힘이 셀 때 동승과 동 귀인을 죽이고 권세와 위풍이 당당했지. 이때 복 황후가 두려움을 느끼다 부친 복완에게 몰래 조조를 제거하라고 편지를 썼어. 하지만 이 일이 누설되고, 조조가 어사대부 치려와 상서령 화흠을 시켜 황후의 옥새와 인수를 빼앗았지. 그뿐만이 아니라 몽둥이로 복 황후를 때려죽이기까지 했어. 그랬던 조조의 증손자 며느리가 똑같이 당하는 게 참 아이러니하지.

～

창읍왕이라는 말은 아버지 창읍애왕인 유박(재위 기원전 97~88)과 그 아들 유하(재위 기원전 88~74)를 통틀어 일컫는 말이야. 무능하고 유약한 왕을 상징한다고 할 수 있지.

옹위하려 했다. 하지만 궁궐의 큰 어른인 태후와 촌수를 따지니 조거가 숙부뻘이 되었다.

"팽성왕은 조금 거북하오. 차라리 조카뻘인 조모를 보위에 올리시오."

조모는 위 문제 조비의 손자였다. 이렇게 해서 조모는 태후의 천거로 제위에 올랐다. 그러나 그 역시 사마사에게 먼저 예를 갖추고 눈치를 살펴야 하는 허수아비 황제일 뿐이었다. 사실 조조가 힘써 이룬 나라인 위는 이미 망한 것이나 다름없었다.

전 황제인 조방은 황제 자리에서 쫓겨났다. 태후는 조방을 크게 꾸짖고 내쫓았다.

"너는 음란하고 도리를 지키지 못하니 천하를 다스릴 능력이 없다. 옥새를 내어놓고 돌아가서 제왕이 되어라. 당장 궁을 떠나서 다시 부르기 전에는 결코 도성에 들어오지 마라!"

이는 조방을 쫓아내기 위해 사마사의 뜻에 맞춰 조작된 죄목이었다. 이를 보고 사람들은 조조가 과거 한의 황후와 황제를 속이더니 사십 년 뒤에 자신이 세운 나라의 황후와 황제가 기만당했다고 혀를 찼다.

4
사마사의 죽음

제갈공명이 죽고 나서 강유가 다시 위를 치러 나선 것은 서기 253년이다. 이는 제갈공명이 죽고 이십 년이 지난 뒤였다. 사마사가 조방을 내쫓고 조모를 위주로 세운 것은 그 이듬해인 254년의 일이었다. 그리고 다시 구 년 뒤인 263년에 마침내 삼국 정립의 형세가 무너지게 된다.

그 무렵 삼국은 십 년 가까운 세월 동안 본격적으로 전쟁을 일으키지는 않았다. 제갈공명의 천하 삼분지계대로 서로 견제하며 안정을 취한 것이다. 그러나 세 나라 모두 크고 작은 내우외환에 시달리며 천천히 쇠퇴해 갔다.

먼저 위를 살펴보면 사마사는 반대 세력을 완전히 제거하고 황제까지 마음에 드는 자로 바꿔 버렸다. 외면상으로는 거칠 것이 없어 보이지만 그렇다고 위에 열혈지사의 씨가 마른 것은 아니었다.

"나라가 다시 역적들의 손아귀에 들어갔다. 이를 보고만 있는 것은 신하의 도리가 아니다."

사마사가 새 황제를 세우고 더욱 기고만장하던 255년 정월, 회남의 군마를 통솔하고 있는 진동장군 관구검과 양주 자사 문흠이 반기를 들었다. 그들은 원래 조상과 가깝게 지냈다. 조상이 사마의에게 죽임을 당한 뒤 그들은 늘 입지가 불안했다.

"이러다가 우리까지 제거되는 것은 아닌지 모르겠소."

"앉아서 죽느니 싸워 보기라도 해야 할 것 아니겠소?"

"명분이 없으니 기회를 살핍시다."

그러던 차에 사마사가 전횡을 휘두르자 그것이 곧 명분이 되었다.

"황제를 함부로 폐한 죄를 묻지 않을 수 없다. 뜻을 같이하는 지사들은 우리와 함께 행동하자."

그들은 함께 공모해서 곧장 행동을 취했다. 수춘성에서 군사를 일으켜 제단을 높게 쌓고 백마를 잡았다. 관구검과 문흠은 그 피를 함께 마시며 맹세한 뒤 군사를 크게 일으켰다.

"태후께서 우리에게 밀조를 주셨다. 역적을 무찔러 달라는 부탁이셨다. 이에 우리는 정의로운 군사를 움직일 수밖에 없다."

그들은 태후에게서 밀조를 받았다고 사칭했다. 반역에는 이처럼 명분이 필요하기 때문이다. 과연 실제로 밀조를 받았는지 안 받았는지, 그

것이 진짜인지 가짜인지는 중요하지 않았다.

관구검은 육만 대군을 이끌고 항성을 차지했고, 문흠은 이만 대군으로 밖에서 지원하기로 했다.

"사마사는 대역무도한 죄인이다. 이제 태후의 밀조를 받들어 대의명분에 따라 역적을 토벌하러 나설 것이다."

백성들은 환호했다.

"이제 나라가 바로잡히려나 보다."

"정말 다행이다."

이때 사마사는 눈에 난 종양 때문에 고통스러워하다가 종양을 칼로 째고 수술한 뒤라 건강이 좋지 않았다.

"역적의 무리들을 내가 직접 처단하리라."

반란의 싹을 초기에 제거하지 않으면 나중에 걷잡을 수 없이 커질까 봐 사마사는 직접 대군을 이끌고 나갔다.

"대장군께서 병환도 있으신데 직접 나설 필요가 있습니까?"

"부하 장수를 보내셔도 충분할 일이옵니다."

주위의 장수들이 말렸지만 사마사 본인이 직접 확실하게 해결하기 위해 나선 것이었다. 자칫 소홀했다가는 자신의 야망을 실현하기 전에 일을 그르칠까 봐 두려웠다. 낙양은 동생 사마소에게 맡기고 몸소 대군을 거느리고 양양으로 가서 자리 잡은 뒤 관원들을 불러들였다.

"진동장군 제갈탄은 예주 군사를 일으켜 수춘을 공격하고, 정동장군 호준은 청주 군사를 이끌고 관구검과 문흠이 돌아갈 귀로를 끊도록 하라!"

장수들이 각기 명을 받들어 나간 뒤 사마사는 문무 관원들과 작전을 의논했다.

"좋은 계책이 있으면 말해 보시오."

"관구검은 결단성이 없고 문흠은 지혜가 없습니다. 그래도 지금 정면 승부는 이롭지 않습니다. 풍부한 우리의 군량과 마초를 바탕으로 지구전을 벌여야 합니다."

광록대부 정무가 권했다.

하지만 형주 자사 감군 왕기는 관구검의 군사들이 마지못해 따르고 있다는 점을 들어 강공책을 권했다.

"저들은 모래알 같은 무리입니다. 당장 짓밟아 흩어 놓아야 합니다."

"그대의 작전을 말해 보시오."

"군사가 주둔하기에는 남돈 땅이 좋습니다. 당장 군사를 움직여 그곳을 취하시지 않으면 관구검이 먼저 취할 것입니다. 그렇게 되면 우리로서는 곤혹스러워집니다."

"참으로 지당한 말이오."

사마사는 마침내 결론을 내렸다.

"반역도들을 오래도록 살려 둘 수는 없는 노릇이다. 당장 군사를 일으키도록 하라. 남돈성을 먼저 차지하고 관구검이 오기를 기다려라."

왕기는 선발대를 이끌고 남돈으로 달려갔다.

이때 항성의 관구검은 사마사가 직접 대군을 이끌고 온다는 보고를 받고 부하들과 대책을 의논했다. 선봉인 갈옹이 말했다.

"남돈의 지세는 산과 강이 있어 군사들을 품기에 적절합니다. 위군이 먼저 점령한다면 격퇴하기 어려울 것이니 서둘러 취해야 합니다."

"그 말이 옳다. 즉시 군사들을 남돈으로 옮겨라."

관구검은 즉시 군사를 이동시켰지만 잠시 후 정탐꾼이 달려와 위군이 이미 와서 주둔하고 있다고 보고했다.

"뭐라고? 적들이 벌써 당도했다고?"

"이미 들판을 가득 덮었습니다."

"그처럼 신속하게 군사들을 부릴 수는 없다. 내가 직접 확인하겠다."

정탐병이 거짓을 말할 리 없었다. 가 보니 과연 정기(旌旗)가 들판에 휘날리는 가운데 위군의 영채가 질서정연하고 굳건하게 세워져 있었다.

"음, 이럴 수가……."

관구검은 적당한 계책이 떠오르지 않아 고심했다. 그런데 엎친 데 덮친다고 다시 급보가 날아왔다.

"장군, 동오의 손준이 군사를 이끌고 도강하여 수춘성으로 쳐들어오고 있습니다."

관구검은 크게 놀라 소리쳤다.

"아, 수춘성을 잃으면 돌아갈 곳이 없다. 어서 수춘을 지키러 가자."

관구검은 군사들을 물려 황급히 항성으로 떠났다.

사마사는 관구검의 군사들이 물러가는 것을 보고 관원들을 모아 대책을 논의했다.

"갑자기 관구검이 돌아갔다. 어찌하면 좋겠는가?"

상서인 부하가 말했다.

"관구검이 후퇴한 건 동오군이 수춘성을 점령할 것이 두려워서입니다. 관구검은 항성으로 돌아가면 군사를 나누어 어떻게든 막으려 할 것입니다."

"그럼 어찌하면 좋은가?"

"장군께서 군사를 세 무리로 나누어 낙가성과 항성을 동시에 공격하게 하고 나머지 군사로 수춘성을 취하게 하신다면 회남 군사들은 반드시 물러갈 것입니다. 연주 자사 등애는 지략이 뛰어납니다. 그에게 지름 길을 이용해 낙가성을 공격하게 하고 뒤이어 군사를 보강해 주면 성공할 것입니다."

사마사는 그대로 움직였다.

한편 항성으로 돌아온 관구검은 적군이 쳐들어올 것에 대비해 문흠을 영채로 불러 대책을 논의했다.

"위군이 물밀 듯 몰려올 것 같소. 어쩌면 좋겠소?"

"염려 놓으십시오. 제게 오천 군사를 주시면 아들 문앙과 함께 가서 낙가성을 지켜 내겠습니다."

관구검은 크게 기뻐했다.

"그렇게만 해준다면 아무 걱정이 없겠소."

그렇게 해서 문흠과 아들 문앙은 오천 군사를 거느리고 낙가성으로 진군했다.

그러나 하늘은 관구검의 편이 아니었다. 문흠 부자가 진군할 때 척후 병들의 보고가 속속 들어왔다.

"이미 낙가성 서쪽은 위군이 차지하고 있습니다."

"그 수가 얼마나 되더냐?"

"대략 일만여 명입니다."

멀리서 보기에도 위군은 기세가 등등했다.

이때 문앙이 아버지 문흠에게 말했다.

"지금 저들이 아직 영채를 완전히 구축하지 못한 것 같으니 기습을 하여 혼란에 빠뜨리면 이길 수 있습니다."

"언제 쳐들어가면 좋겠느냐?"

"오늘 해가 지면 군사를 나누어 함께 공격하시지요. 제가 먼저 북쪽을 공격해 들어갈 테니 아버님께서 남쪽에서 치고 올라오십시오."

밤이 되자 문흠과 문앙은 군사를 두 갈래로 나누어 공격하기 시작했다. 문앙은 이때 나이 십팔 세로, 키가 팔 척이나 되는 기골이 장대한 청년 장수였다. 문앙은 위풍당당하게 위군의 영채를 바라보며 군사를 이끌고 나아갔다.

이때 사마사는 영채를 세우라고 지시하고 막사에서 쉬고 있었다. 눈의 상처가 아물지 않아 누워 있는데 한밤중에 갑자기 군마 소리가 요란하게 들렸다. 군사 한 명이 급히 달려와 아뢰었다.

"한 무리의 군사들이 기습을 했습니다."

"그런데 왜 퇴치하지 못하느냐?"

"선두에 선 장수가 너무 사나워서 도저히 당해 낼 수가 없습니다."

"그게 말이 되느냐?"

사마사는 분통을 터뜨리며 자리에서 벌떡 일어났다. 그 순간 눈의 상처가 터지면서 눈알이 튀어나올 지경이었다. 피가 사방에 튀고 통증이 극심했지만 군의 사기가 떨어질까 봐 이를 악물고 참았다.

그사이에 문앙이 좌충우돌 도륙을 일삼으니 사마사의 위군은 그를 피해 이리저리 쫓겨 다녔다.

"곧 원군이 온다. 위군을 닥치는 대로 무찔러라!"

곧이어 아버지 문흠이 협공해 올 줄 알고 문앙은 군사들을 마구 휘저었다. 그러나 어찌된 일인지 시간이 지나도 문흠의 군사들이 나타나지 않았다. 문앙이 부하들에게 다급하게 물었다.

"아버님께서 남쪽에서 쳐들어오기로 했는데 오시지 않고 있다. 어찌된 일이냐?"

"모르겠습니다. 늦어지는 모양입니다."

그때 북쪽에서 군사들이 달려왔다. 정체를 확인하지는 못했지만 남쪽에서 오기로 한 아버지가 북쪽에서 오는 줄 알고 문앙이 다가갔다. 하지만 앞장선 장수는 문흠이 아니라 등애였다. 등애가 문앙에게 큰 소리로 외쳤다.

"역적 놈아! 게 섰거라."

"위군이로구나. 가만두지 않겠다."

화가 난 문앙이 등애와 겨루었지만 오십 합이 넘도록 싸워도 승부가 나지 않았다. 이렇게 시간이 지체되자 뒤늦게 위군이 전열을 가다듬기 시작했다. 역공을 펼치자 전세는 급격히 기울었다.

"후퇴하라!"

문앙은 목숨을 구하기 위해 군사들을 이끌고 도망쳤다. 수백 명의 위군이 쫓아오자 문앙은 갑자기 말머리를 돌려 위군 속으로 뛰어들어 쇠채찍을 휘둘렀다. 그러자 많은 위군이 목숨을 잃었고 나머지 위군은 달아나기 바빴다. 후세 사람들은 문앙의 그 놀라운 무력을 장판교의 조자룡이나 장비에 버금갈 만한 담력이라고 칭송했다.

이때 문앙의 아버지 문흠은 아들을 도우려 했지만 길을 잘못 들어 헤매다가 그만 날이 밝았다.

"아, 큰일이다. 아들을 도왔어야 하는데."

하지만 이미 때는 늦었다. 아들 문앙이 패퇴하고 승리한 위군이 기뻐하는 모습을 멀리서 바라볼 수밖에 없었다. 우매한 자들은 이렇게 승기를 잡아도 놓치는 법이다.

"이왕 이렇게 된 거 어쩔 수 없다. 돌아가자."

문흠은 할 수 없이 군사들을 이끌고 수춘으로 도망치고 말았다.

"성문을 열어라!"

문흠이 수춘성에 도착하여 큰 소리로 외쳤다.

"하하! 이 성이 누구 거라고 함부로 문을 열라 말라 하는 게냐?"

성루에 모습을 드러낸 건 다름 아닌 제갈탄이었다.

"이런!"

화살이 빗발치듯 날아왔다. 수춘성마저 이미 빼앗긴 터였다. 다시 말머리를 돌려 항성으로 향하니 호준, 왕기, 등애가 군사들을 이끌고 세 방면에서 달려 나왔다.

"이렇게 된 마당에 우리가 살 길은 동오로 가서 투항하는 것뿐이다."

문흠은 하는 수 없이 동오로 말머리를 돌려 달아났다.

이런 형편이니 항성 안에서 이제나저제나 기회를 엿보던 관구검은 변변히 싸워 보지도 못하고 수세에 몰렸다.

"위군이 벌써 몰려왔습니다."

관구검은 당황했다. 문루에 올라 성 밖을 보니 위군이 성을 겹겹이 에워싸고 있었다.

"모두 나가 죽기 살기로 싸워라!"

관구검은 성안의 군사들을 모두 이끌고 나가 세 갈래로 진군한 호준, 왕기, 등애의 군사들과 최후의 일전을 벌였다. 하지만 도저히 그들을 이겨 낼 수 없었다.

"안 되겠다. 다른 곳으로 피신하자."

관구검은 겨우 기병 십여 명만 이끌고 신현성으로 달아났다. 하지만 패장인 관구검을 그곳 현령인 송백이 반가워할 리 없었다. 송백은 속임수로 관구검을 환영하는 척하며 성대히 잔치를 베풀었다.

"어서 오십시오."

"고단한 몸을 받아 주시니 감읍할 따름입니다."

"무슨 말씀을요. 이곳에서 힘을 쌓아 다시 기회를 잡으십시오."

"그렇게 말씀해 주시니 힘이 납니다."

연거푸 술잔을 들이킨 관구검은 긴장이 풀려 축 늘어지고 말았다.

"이때다. 저자의 목을 베어라."

송백의 도부수들은 술이 취해 쓰러진 관구검의 목을 베었다. 송백은 관구검의 머리를 위군에게 바쳤다. 사마씨 형제에게 반기를 든 반란의 수괴로서는 허무한 죽음이 아닐 수 없었다. 이로써 회남은 평정되었다.

한편 눈이 완전히 회복되지 않은 채 무리하게 출정했던 사마사는 병이 심해져 마침내 병석에 누웠다.

"아무래도 돌아가야겠다. 제갈탄을 진동대장군으로 봉하고 양주의 군마를 지휘하게 하라."

사마사는 후속 조치를 한 뒤 병든 몸을 이끌고 허도로 돌아갔다. 하지만 돌아온 뒤에도 병은 나을 기미를 보이지 않고 더욱 악화되었다. 상처가 덧나서 도저히 회복할 수 없게 된 것이다.

사마사는 삶이 얼마 남지 않았음을 알고 낙양으로 사람을 보내어 아우 사마소를 불러오게 했다.

"아버님의 유지를 받아 이룬 이 기회를 결코 놓치지 마라. 내가 먼저 가는 게 안타깝구나."

사마사는 사마소에게 대장군의 인수를 넘기고 뒷일을 당부했다.

"형님, 이대로 가시면 저 혼자 어쩌라는 것입니까? 으흐흐!"

"아버님이 이룬 대업을 네가 이어 가면 된다. 너무 슬퍼 마라."

사마사가 죽자 사마소는 슬픔에 빠졌다. 이때가 정원 2년(255)이었다.

한편 위주 조모는 사마사가 죽었다는 소식을 듣자 자신이 왕권을 확보할 좋은 기회라 여겼다. 형제간에 권력 승계가 빠르게 진행되지 않는 틈을 이용하려는 생각이었다.

"이 기회를 놓치면 천추의 한이 될 듯하오."

조모는 심복인 조정의 신하들을 모아 놓고 의논했다. 그러자 기다렸다는 듯 신료들이 자신들의 생각을 밝혔다.

종회는《삼국지》후반의 중요 인
물이야. 종요의 아들인데 사마사
를 따라 관구검을 무찌르는 데
크게 공을 세우고 작전 회의에서
능력을 보여 주었어. 후에 사마
소의 신임을 받는 책사가 되지.
사마소가 종회를 자신의 최고 지
략가라고 칭찬할 정도야. 훗날
촉을 멸망시키는 데 중요한 역할
을 하는 인물이야.

"사마소에게 돌아오지 말고 허도에 머물며 동오군을 막으라고 명하십시오. 동오의 움직임이 심상치 않은 지금이 좋은 기회입니다."

"맞습니다. 사마소를 멀찌감치 두셔야 폐하께서 힘을 기르실 수 있습니다."

조모는 주변의 조언에 따라 사신을 허도로 보내 조문한 뒤 사마소에게 계속 그곳에 머무르라고 했다.

"황제께서 소임을 계속 유지하라 하셨습니다. 별도의 하명이 없는 한 허도에 머물며 동오의 침략에 대비하십시오."

사마소의 부하 장수들은 사신의 말을 전해 듣자 모두 들고 일어났다.

"이는 장군을 변방에 묶어 두고 자신의 세력을 기르려는 황제의 음모입니다."

종회도 결연히 말했다.

"맞습니다. 서둘러 군사를 움직이셔야 합니다."

사마소는 부하들이 자신과 생각이 같음을 확인하고 굳은 표정으로 말했다.

"그 말이 맞도다."

사마소는 황제의 명을 거슬러 급히 낙양으로 돌아갔다.

사마사가 죽고 사마소는 변방으로 나간 사이에 사마씨의 세력을 약화시키려던 황제 조모는 당황했다.

"사마소가 군사를 이끌고 와서 낙수 부근에 진을 쳤다 합니다."

"뭐라고?"

조모뿐만 아니라 이번 계책을 냈던 신하들도 얼굴이 사색이 되었다.

이런 결과를 예상하지 못한 것이다. 사마소에 맞서 저항할 힘이 없는 황제는 재빨리 꼬리를 내렸다.

"사마소를 대장군으로 봉하고 녹상서사를 겸하게 하여 죽은 사마사의 뒤를 잇게 하라."

사마소에게 모든 권한을 넘겨준 것이다.

"으하하! 힘도 없는 황제 따위가 감히 나에게 반기를 들려 하다니."

이렇게 해서 위의 정권은 계속해서 사마씨가 쥐게 되었다. 사마소는 과거에 형이 잡았던 권력을 무리 없이 승계하고 어수선한 정국을 서둘러 수습해야만 했다.

5
강유의 재도전

사마사가 죽고 사마소가 그 뒤를 이었다는 소식은 성도에도 전해졌다. 위의 이런 어지러운 상황은 적국에게는 좋은 기회였다.

"위를 칠 좋은 기회다."

제갈공명의 유업을 이어받은 강유에게는 중원 회복이 숙원이었다. 강유가 정벌에 나서려 하자 정서대장군 장익[†]이 말렸다.

"우리의 힘이 아직 위와 맞설 수 없습니다. 자제하심이 좋습니다."

"그렇지 않소. 하늘이 주신 기회를 놓치는 건 도리가 아니오."

강유는 장익의 만류를 뿌리치고 하후패와 함께 포한으로 진군했다.

강유의 오만 대군이 조수에 이르자 위의 옹주 자사 왕경이 칠만 군사를 이끌고 나와 맞섰다.

강유의 촉군은 거칠게 밀어붙였다. 개전 초기에는 강유에게 전황이 유리하게 흘러갔다. 조수 강변에 배수진을 친 강유는 왕경의 군사를 크게 쳐부수고 성을 에워쌌다. 그리고 항복을 권유하며 기세를 올렸다.

하지만 위군이 그 소식을 듣고 가만히 있을 리 없었다. 정서장군 진태와 연주 자사 등애가 대군을 이끌고 달려왔다.

"위의 원군이 왔다. 나가서 공격하라."

강유는 군사를 이끌고 나가 등애와 진태를 공격했다. 하지만 단단히 준비하고 온 그들의 계책에 속수무책 당하고 검각으로 후퇴했다.

"아, 분하다."

비록 후퇴했지만 강유의 군사들은 크게 손실을 입지는 않았다. 오래도록 싸움 준비를 해 왔고 마침 계절이 가을이어서 추수를 하여 군량 걱정도 없었다. 강유는 이를 점검하고 안심했다.

"우리는 아직 군사력이 충분하다. 기필코 적들을 무찔러야 한다."

강유는 다시 군사를 이끌고 기산으로 진군했다.

그러나 그사이 위군도 손을 놓고 있지는 않았다. 강유가 다시 침공할 것을 예상하고 등애는 기산에 아홉 개의 영채를 세우고 단단히 방비하고 있었다.

강유는 정탐병을 통해 그 소식을 듣자 계책을 바꾸기로 하고 장수들을 불러 말했다.

"정공법으로 깨기는 어렵게 되었소. 그렇다면 속임수를 써야 하오."

강유는 적은 군사를 동원해 기산을 칠 것처럼 속임수를 쓰고 자신은 대군을 빼돌려 남안으로 움직였다. 하지만 이는 흔히 쓰는 작전이었고 너무 단순했다. 강유의 그 같은 계책을 등애는 쉽게 간파할 수 있었다.

남안 근처에 있는 무성산을 차지하여 진채를 세우려던 강유의 계획은 미리 와 있던 등애 군사들의 방해로 실패하고 말았다. 겨우 마련했던 영채마저 등애의 화공으로 잃은 뒤 강유는 남안을 포기하고 물러났다.

"역부족이다. 후퇴하라."

그러나 후퇴는 진군보다 더 어려운 법이다. 등애는 거기까지 미리 헤아리고 단곡에 복병을 숨겨 두었다.

"오는 건 쉬워도 돌아가는 건 어렵다는 걸 보여 주마. 강유를 사로잡아라!"

갑자기 위의 복병이 나타나자 후퇴하던 강유는 위기에 처했다. 앞쪽에서도 위군이 나타나 당황해 어쩔 줄 모르고 있을 때 마침 하후패가 군사들을 이끌고 달려왔다.

"내가 왔다! 모두 물러가라."

하후패가 뒤에서 기습하자 위군은 그제야

장익은 원래 유장 밑에 있던 장수였는데 유비에게 귀순했어. 유비가 오를 공격할 때와 제갈공명이 맹획을 잡으러 갈 때도 항상 수행해서 공을 세웠어. 강유에게 군사를 불쌍히 여기고 백성을 사랑하며 전쟁을 일으키지 말 것을 권유하는 실리주의 온건파였지. 죽을 때까지 촉에 충성을 다한 충신이야.

물러갔다. 하후패의 도움이 없었다면 강유는 단곡에서 목숨을 잃을 뻔했다. 강유는 하는 수 없이 기산으로 돌아가기로 했다.

하지만 군사를 몰고 가 보니 이미 기산 영채는 진태에게 빼앗긴 뒤였다. 강유는 한중으로 돌아가는 수밖에 없었다.

"아쉽지만 퇴각하라."

강유가 급하게 군사를 몰아 산길로 후퇴하는데 뒤에서 등애가 군사들을 이끌고 쫓아왔다. 강유는 장수들을 앞장세우고 자신이 뒤에서 후군이 되어 뒤를 끊으며 퇴각을 계속했다. 그때 갑자기 앞에서 진태의 군사들이 나타나 길을 막았다.

"앞뒤로 포위되었습니다."

촉군은 완전히 위군에게 에워싸이고 말았다. 이제 목숨이 경각에 달렸다.

"아, 승상의 유업을 이루지 못하고 이렇게 죽는구나."

이때 촉의 탕구장군인 장의가 기병 수백 명을 이끌고 달려왔다. 그가 위군을 마구 베어 쓰러뜨리자 강유는 간신히 포위를 뚫고 달아났다. 하지만 강유가 빠져나오도록 뒤를 막던 장의는 안타깝게도 위군의 숱한 화살을 맞고 목숨을 잃고 말았다.

강유의 위 정벌은 이렇게 참담한 실패로 끝났다. 하늘은 이미 촉의 편이 아니었다. 강유는 과거 제갈공명이 한 것처럼 스스로 자신의 직위를 낮춰 후장군이 되어 대장군의 일을 맡아보았다.

촉과의 전쟁에서 승리했지만 위의 내정은 여전히 혼란스러웠다. 정치적 격변이 발생하니 여기저기에서 불꽃이 피어올랐다. 그동안 가장 큰 외환은 제갈공명으로 인한 것이었는데 내부에서의 불씨도 제갈씨로 인한 것이었다. 그는 바로 진동대장군 제갈탄이었다.

제갈탄은 낭야군 남양 사람으로 제갈공명의 집안사람이었다. 제갈 집안에서 제일 먼저 관직에 나선 것은 동오로 간 제갈근이었다. 그리고 그 뒤를 이은 것은 촉으로 간 제갈공명이고, 제갈탄은 일찍부터 위를 섬 겼다.

그는 한동안 제갈공명의 사촌 동생이라는 것이 약점이었다. 적국 재상의 사촌이어서 크게 등용되지 못한 채 허송세월하던 그는 제갈공명이 죽은 뒤에야 큰 임무를 맡을 수 있었다. 제갈공명과 내통할 거라는 의심을 더 이상 받지 않았기 때문이다.

그 무렵 제갈탄은 고평후에 봉해졌고, 회남과 회북 지방의 군마를 지휘하는 일을 맡고 있었다. 그는 관구검과 문흠을 토벌할 때 공을 세웠고, 그로 인해 사마사가 그를 대장군으로 삼고 사납고 날래기로 이름난 그 지방의 군마를 맡겼던 것이다. 하지만 그는 사마씨의 사람이라기보다는 위 황제의 충신에 가까웠다. 이것이 함정이었다.

'이제 내가 황제 보위에 오르는 일만 남았다.'

사마소는 형의 뒤를 이어 위의 권력자가 되자 딴생각을 하기 시작했다. 하지만 혼자 할 수는 없는 일이었다. 수많은 지방의 장수들과 신하들의 생각이 어떤지 알아볼 필요가 있었다.

"그대는 가서 장수들의 속마음을 떠보도록 하라."

사마소는 심복인 가충에게 명을 내렸다.

"어떤 속마음 말씀이십니까?"

"내가 원하는 그것 말이다."

가충은 사마소의 밀명을 받고 지방을 돌기 시작했다. 먼저 회남으로 가서 제갈탄을 만나 속마음을 떠봤다. 술이 몇 순배 돌자 가충이 입을 열었다.

"지금 황제는 너무 유약하여 그 자리를 유지하기 힘들다는 말들이 많습니다."

"그렇소. 나라가 위태로워 큰일이오."

"새로운 세력이 필요합니다."

가충이 이렇게 말하자 제갈탄은 마시던 술잔을 내려놓았다. 그리고 좌우를 살피며 조심스럽게 말했다.

"그 무슨 큰일 날 소리요?"

"내가 들은 바로는 사마소 장군은 집안도 그렇고 공로도 그렇고 위의 대통을 이어받을 만하다고들 합니다."

"……."

"공께서는 사마소 장군이 위로부터 선위를 받는 것에 대해 어찌 생각하십니까? 위는 이제 그 힘이 다한 게 아니겠습니까?"

제갈탄은 그런 가충을 꾸짖고 자신의 뜻을 밝혔다.

"그대는 대대로 위의 국록을 먹은 자로서 어찌 그런 말을 입에 올릴 수 있소?"

"아니, 나는 공의 생각을 물어본 것뿐입니다."

"나에게 그런 불충한 이야기를 하다니 당치 않소."

"하지만 지금 지방의 장수들 분위기가 흉흉한데 만일 변고가 발생하면 공께서는 어떻게 하실 겁니까?"

"만약 조정에 무슨 일이 일어난다면 나는 이 한 목숨 바쳐 나라로부터 입은 은혜를 갚을 것이오!"

제갈탄은 결연한 의지를 보였다. 비록 위를 섬기지만 제갈씨 집안의 후예답게 충직했다.

가충이 낙양으로 돌아가 그 말을 전하자 사마소는 버럭 화를 냈다.

"그자가 감히 나에게 반기를 들어?"

"제갈탄이 회남 땅에서 인심을 크게 얻어서 그렇습니다. 이대로 두면 나중에 분명 우환거리가 될 듯합니다."

사마소는 곧바로 양주 자사 악침†에게 제갈탄을 해칠 계책을 꾸미자는 밀서를 보냈다. 그와 동시에 제갈탄에게는 사공 벼슬을 내리며 벼슬을 제수받기 위해 조정으로 들어오라고 했다. 조정에 들어오면 기회를 봐서 제거하려는 음모였다. 전통적인 방식이었다.

제갈탄은 조정으로 들어오라는 칙서를 받자 그것이 사마소의 흉계라는 걸 단박에 알아

악침은 악진의 아들이야. 대장군 조진이 제갈공명의 북벌을 막을 때 부선봉을 맡았지. 나중에 양주 자사가 되었어.

차렸다.

"이자가 날 해치려 하는구나."

제갈탄은 먼저 사마소가 보낸 사자를 붙잡아 문초했다.

"나를 왜 갑자기 조정으로 불러들이는 것이냐? 바른 대로 말하지 않으면 네 목을 베겠다."

고문이 이어지자 사자는 자신이 아는 것을 다 이실직고했다.

"누가 이 일을 꾸몄느냐?"

"모릅니다. 악침이 자주 조정에 드나들긴 했습니다."

제갈탄은 이 일의 배경에 악침이 있다는 걸 알아차렸다.

"이대로 죽을 수는 없다."

제갈탄은 군사를 일으켰다. 악침이 준비도 하기 전에 그는 급작스럽게 양주를 쳤다.

"반군이 쳐들어왔다."

악침은 갑자기 쳐들어온 제갈탄을 피해 누각 위로 도망쳤다. 하지만 제갈탄은 악침을 죽이고 본격적으로 반기를 들었다. 사마소의 죄를 낱낱이 적은 표문을 낙양으로 올려 보낸 뒤 회남과 회북 지방의 군사 십여만과 양주에서 항복한 사만을 조련시켰다. 동오에도 사람을 보내 함께 사마소를 치자고 제안했다.

그때 동오는 승상인 손준이 병으로 죽은 뒤 그의 사촌 동생인 손침이 권력을 쥐고 있었다. 제갈탄이 보낸 장수 오강은 제갈탄의 아들 제갈정과 함께 손침 앞에 섰다.

"제갈탄은 촉한 제갈무후의 집안 동생뻘 되는 사람입니다. 이번에 사마소가 임금을 기망하고 권력을 멋대로 휘두르기에 군사를 일으켜 바로잡고자 합니다. 하오나 힘이 부족해 이렇게 아들을 볼모로 보내니 군사를 보내 주시기 바랍니다."

오강이 설득력 있게 말을 하자 손침은 그의 청을 받아들였다.

"이토록 정성을 보이니 받아들이지 않을 수가 없구나."

그토록 벼르던 중원 정복의 호기로 여긴 것이다.

"즉시 군사들을 보내어 힘을 보태라."

전역, 전단을 대장으로 삼고, 우전을 후군으로 뒤따르게 했다. 그리고 주이와 당자를 선봉으로 세우고 위에서 넘어온 문흠을 길잡이로 삼아 칠만 대군이 출정했다.

오강이 수춘으로 돌아가 이와 같은 사실을 보고하자 제갈탄은 크게 기뻐했다.

"동오가 돕는다면 해볼 만하다."

제갈탄은 곧 사마소를 칠 채비를 갖추고 위주 조모에게 표문을 올려 군사를 일으킨 까닭을 밝혔다.

제갈탄의 표문을 받아 본 사마소도 크게 군사를 일으켰다.

"이자가 아주 작정을 했구나. 제대로 응징하리라."

사마소는 황제와 태후를 졸랐다.

"제갈탄과 같은 자를 놔두시면 천하의 역적들이 마구 창궐할 것입니다. 꼭 함께 가셔야 합니다."

"대장군께서 가는데 짐까지 움직여야 하오?"

"친히 가셔서 역적을 소탕하셔야 합니다."

사마소는 황제를 대동하여 확실한 명분을 세우려 했다. 그리하여 황제가 직접 정벌하는 형식으로 함께 밀고 내려왔다. 하지만 사실은 황제를 낙양에 남겨 두고 갔다가 무슨 변이 생길지 알 수 없어 황제와 태후를 강제로 끌고 간 것이다.

낙양과 장안의 군사 이십육만에, 정남장군 왕기를 정선봉으로, 안동장군 진건을 부선봉으로 세우고 감군 석포와 연주 자사 주태를 좌우군으로 삼은 엄청난 규모의 대군이었다. 이들은 태후와 황제의 어가를 호위하며 기세등등하게 진군했다.

사마소의 군사가 먼저 창칼을 맞대게 된 것은 오군이었다. 동오의 선봉 주이는 위의 왕기와 맞붙었으나 세 합도 채 싸우지 못하고 도망쳤다. 그 바람에 오군은 대패해 오십 리 밖으로 도망가 영채를 세웠다.

이 소식을 들은 제갈탄은 성에서 나와 문흠, 문앙 부자와 함께 수만의 용맹한 군사를 이끌었다.

사마소는 제갈탄이 오군과 연합해 싸우러 온다는 보고를 받고 장수들과 계책을 논의했다. 종회는 오군이 대의보다는 이득을 구하러 온 데 착안하여 계책을 내놓았다.

"오군은 이익을 바라고 왔으니 우리도 이익을 주면 됩니다."

"그게 무슨 말인가?"

"상대가 원하는 걸 주는 겁니다."

사마소는 그의 계책을 따르기로 했다.

"편장 성쉬는 오군을 유인해라. 그리고 진준은 군사들에게 줄 좋은 물건을 수레에 싣고 가다가 오군이 쫓아오면 수레를 버리고 도망쳐라!"

오군은 이내 위군의 계략에 빠지고 말았다. 추격해 오다가 길가에 나뒹구는 좋은 물건들을 보자 모두 눈이 뒤집혔다.

"이건 내 거야!"

"무슨 소리야? 내가 먼저 봤어!"

오군은 서로 물건을 차지하느라 바빴다.

"손에 든 물건을 버려라!"

"명령에 따르지 않는 자는 목을 베겠다."

장수들이 아무리 외쳐도 소용이 없었다. 혼란스러운 상태에서 갑자기 매복해 있던 위군이 일제히 치고 들어왔다. 제갈탄과 동오 연합군의 대패였다. 이 싸움에서 제갈탄은 많은 군사를 잃고 수춘성에 갇히는 신세가 되고 말았다.

게다가 도우러 온 오군도 손침의 조급함 때문에 큰 도움이 되지 못했다. 우전이 이끄는 오군 일만 명이 수춘성으로 들어가 합세했을 뿐, 주이는 패배했다는 죄로 손침에 의해 목이 잘렸다.

손침이 동오로 돌아가면서 남겨 놓은 전단의 아들 전의는 손침이 두려워 위에 항복하고 말았다. 그뿐만 아니라 전의는 수춘성 안에 있는 아버지 전단과 숙부 전역에게 글을 보내 회유하기까지 했다. 거기에 넘어간 전역과 전단이 수천 명의 오군을 이끌고 위에 항복하니 성안의 제갈탄은 더욱 고립되었다.

형세가 이렇게 되자 수춘성 안의 인심도 흔들리기 시작했다. 책사 장반과 초이가 제갈탄에게 속전속결을 권했다.

"이렇게 원군도 없이 장기전에 들어가면 우리가 불리합니다."

"맞습니다. 나가 싸우셔야 합니다."

그러나 제갈탄이 받아들이지 않자 장반과 초이는 그날 밤 성을 넘어가 위의 영채로 달아났다.

그다음은 문앙과 문호 형제였다. 아비인 문흠이 제갈탄에게 급히 싸우기를 권하다 목이 날아가자 그들 형제는 성을 넘어가 사마소에게 항복했다. 사마소는 문앙 형제를 위로하며 벼슬을 내렸다. 이에 문앙 형제는 수춘성 주위를 한 바퀴 돌면서 위의 벼슬을 받았다고 자랑하며 항복하라고 소리쳤다.

"성안의 군사들아, 승패는 이미 갈렸다. 어서 항복하고 살아서 부귀영화를 맛보아라."

매일 성 밖에 와서 이렇게 소리치니 제갈탄의 군사들은 더욱 마음이 흔들렸다. 이런 심리 상태가 역병처럼 퍼져 나가 성안 사람들 모두 투항하기를 바라게 되었다. 그 낌새를 알아차린 사마소가 성을 공격하라는 명령을 내렸다.

"심리전에서 우리가 이겼다. 수춘성을 공격하라."

위군이 일제히 함성을 지르며 달려들자 북문을 지키던 장수가 문을 열어 위군을 성안으로 맞아들였다. 이미 전의를 상실한 것이다.

"물러서지 마라!"

제갈탄이 겨우 남은 수백 명의 군사로 맞서 보려 했지만 될 일이 아니었다. 제갈탄은 위의 장수 호분의 칼에 목숨을 잃고 말았다.

그나마 볼 만한 싸움을 벌이다 죽은 것은 지원하러 왔다가 성안에 간혔던 오장 우전이었다. 우전은 성의 서문으로 쳐들어온 왕기와 마주쳤다. 왕기가 항복을 권하자 우전은 버럭 화를 내며 꾸짖었다.

"명을 받고 어려움에 처한 사람을 구하러 출전했다가 구해 주지 못하고 적에게 항복하는 것은 의롭지 못한 짓이다!"

우전은 투구를 벗어 던지며 다시 외쳤다.

"사나이로 태어나 싸움터에서 죽는 것은 얼마나 복된 일이냐!"

우전은 왕기와 삼십여 합을 겨뤘지만 힘이 다해 장렬한 최후를 맞았다.

제갈탄을 따르던 수백 명의 부하들도 죽음 앞에서 씩씩했다. 항복만 하면 살려 준다는데도 모두 항복 대신 목을 늘여 칼을 받았다.†

한편, 강유는 제갈탄이 사마소에 맞서 군사를 일으켰고 그를 돕기 위해 동오의 손침이 협공을 하자 위의 황제까지 낙양을 비운 채 전쟁터에 나갔다는 소식을 듣고 몹시 고무되었다.

"마침내 공을 이룰 기회가 왔다."

강유는 제갈공명처럼 후주에게 표문을 올렸다. 위를 칠 수 있게 해 달라는 내용이었다.

하지만 촉은 거듭된 중원 정벌에서 이렇다

이 무렵 부패하고 어지러운 세상을 비웃는 선비들이 나타났어. 이들이 바로 유명한 죽림칠현이야. '대나무 숲속의 일곱 현인'이라는 뜻이지. 이 7인의 지식인들은 당시 사회를 풍자하고 방관자적인 입장을 취했어. 사마씨 일족이 나라를 장악하고 함부로 하는 것을 보며 세상에 환멸을 느껴 노자, 장자의 무위자연 사상에 심취한 거야.
하지만 이들은 나중에 진(晉)나라를 세운 사마염 등 사마씨 일족에게 회유당해 흩어지고 말았어. 혜강 한 사람만 끝까지 회유를 물리치다 사형을 당하지. 이때부터 난세를 살면서 속세의 어지러움에 휩쓸리지 않고 자연에 묻혀 사는 것이 유행하게 되었단다.

할 성과를 내지 못했다. 자연히 이번에도 또 불가능할 거라는 생각이 조정에 팽배해 있었다. 중산대부 초주가 〈수국론(讎國論, 적국을 논하는 글)〉이라는 글 한 편을 지어 강유에게 보내며 출정을 말렸다.

지금은 호걸들이 들고 일어나 서로 다투던 과거와 달리 적이나 우리나 나라를 세워 대물림으로 지키고 보전하기 쉬운 세상입니다. 호걸들이 들고 일어나 서로 다투고 정세가 수시로 변하는 시대가 아닙니다. 이는 과거 6국이 공존하던 시대와 같습니다.

매사에 때를 기다려 움직이고 기회를 맞춰 일어나야 합니다. 진실로 백성들의 노고를 중하게 여기고 잘 살펴야 합니다. 무력만 믿고 전쟁을 일으키다가 어려움을 만나면 아무리 큰 지혜를 가지고 있어도 수습하기 어렵습니다.

그때 촉은 내관 황호†가 권력을 독점해 안으로 깊이 썩어 들어가고 있었다. 강유가 오로지 위를 상대로 싸움을 벌이려고만 하니 초주는 충성되고 헤아림 깊은 대신으로서 그냥 지켜볼 수가 없었던 것이다.

"유생 놈들이 썩은 정신으로 떠드는 글줄일 뿐이다."

강유는 초주가 보낸 글을 집어던지고 멋대로 군사를 일으켰다. 그에게는 새로 얻은 장서와 부첨, 두 장수가 있었다. 그들을 앞세우고 이번에는 장성 쪽으로 군사를 보냈다. 새로운 길로 위를 공략하려는 것이었다.

이때 장성을 지키던 장수는 사마소의 친척 형인 사마망이었다. 그는 두 장수와 함께 성안의 군사들을 이끌고 성 밖 이십 리 되는 곳까지 진출해 진을 펼쳤다.

"위군을 공격하라!"

강유의 예봉은 날카로웠다. 사마망은 강유의 적수가 못 되었다. 한번 싸움에서 두 장수를 잃고 사마망은 성안으로 쫓겨 들어갔다.

"이때를 놓치지 말고 밀어붙여라!"

강유가 지휘하는 촉군이 장성을 공격했다. 그런데 막 성을 떨어뜨리려 할 즈음 뜻밖의 지원병이 달려왔다. 위장 등애 부자였다. 이에 강유는 장성을 완벽하게 빼앗지 못하고 다시 등애와 맞서게 되었다.

"네가 성안으로 들어가 도움을 줘라."

등애는 아들 등충에게 명령을 내렸다.

"사마망에게 싸우지 말고 굳게 지키기만 하라고 일러라."

"아버님, 적들이 코앞에 와 있는데 왜 맞서 싸우지 말라고 하십니까?"

"지키다 보면 남쪽의 싸움이 끝나 관중에서 군사들이 몰려올 것이고, 그 무렵이면 강유는 오히려 양식이 떨어져 돌아갈 것이다."

"그때 강유를 치자는 것이군요."

"그렇다."

위군은 이렇게 치밀하게 싸움을 준비했다.

황호는 촉의 환관이야. 아첨을 아주 잘하며 간사하고 음험한 인물인데 후주의 총애를 한 몸에 받았어. 동윤을 두려워하여 감히 나쁜 짓을 못하다가 그가 죽자 정사에 끼어들어 권력을 휘둘렀지. 강유와도 원한이 쌓여 강유가 그를 죽이려 했지만 후주가 허락하지 않았어.

그러나 강유는 성급한 마음에 등애에게 계속 싸움을 걸었다. 시간이 지체될수록 군량과 마초가 부족해지기 때문이었다.

"어서 나와라! 비겁하게 숨어 있지 말고."

하지만 등애는 금세 나와 싸울 듯하다가 이 핑계 저 핑계를 대면서 싸움을 자꾸 미뤘다. 그렇게 대여섯 번이나 싸움을 미루는 걸 보고서야 등애의 속셈을 알아차린 부첨이 강유에게 말했다.

"아무래도 등애가 속셈이 있는 듯하니 이를 막아야 합니다."

"그런 것 같다. 멀리서 온 우리가 군량이 떨어지기만 기다리나 보다."

강유도 그제야 등애의 속셈을 알아차렸다.

"손침에게 연락해서 거꾸로 등애를 골탕 먹이자."

새로운 전략을 궁리하고 있는데 뜻밖의 소식이 날아들었다.

"사마소가 수춘을 기습해 제갈탄을 죽이고, 지원병으로 온 오군에게 항복을 받아 냈습니다."

"이거 큰일이로다. 사마소는 어찌 하고 있느냐?"

"사마소는 군사를 돌려 낙양으로 돌아갔지만 머지않아 이곳 장성을 구하러 올 것이라 합니다."

최악의 상황이었다. 그렇게 되면 도저히 이길 수 없었다.

"이곳에서 버티다간 우리까지 위험에 빠진다. 돌아가자."

강유는 뜻밖의 소식에 놀라서 곧 군사를 물려 돌아갔다. 그러나 등애가 반드시 추격할 것 같아 곳곳에 복병을 숨겨 놓았다.

이 사실은 곧바로 등애에게 알려졌다. 등애는 껄껄 웃었다.

"허허! 강유는 우리 대장군이 올 것을 알고 도망친 것이다. 굳이 뒤쫓을 것은 없다. 함부로 뒤쫓다가는 오히려 그의 꾀에 걸려들고 만다."

정탐꾼을 보내 촉군의 동태를 살피게 하니 과연 등애가 예측한 대로였다. 촉병이 물러가면서 좁은 길목마다 불에 타기 좋은 나무와 짚 등을 쌓아 두고 있었다. 유사시에 화공으로 나올 태세였다.

"역시 장군의 혜안은 놀랍소이다."

여러 장수들이 등애의 통찰력에 감탄해 마지않았다.

등애는 곧바로 낙양에 이 소식을 알렸다. 사마소는 이제 대군을 움직일 이유가 없었다.

"이건 모두 등애의 공이다. 큰 상을 내려라."

이렇게 해서 강유의 도전은 또다시 성과 없이 물거품이 되고 말았다.

6
흔들리는 왕조들

동오의 대장군 손침은 장수들이 위군에 항복했다는 소식을 듣자 크게 분노했다.

"적들과 죽기를 각오하고 싸우지 않고 항복하다니! 패하고 돌아온 자들을 모조리 죽여라!"

손침은 자신의 지도력은 고민하지 않고 툭하면 사람들을 죽였다. 그러니 그의 곁에는 사람이 모이지 않았다. 동오의 황제인 손량은 이렇게 무도한 손침을 못마땅하게 여겼다.

'사람을 함부로 죽이면 그 원성이 나에게 돌아올 것이 아닌가.'

손량은 손침을 어떻게든 막아야겠다고 생각했다. 손량은 이때 열여섯이라는 어린 나이였지만 총명한 황제의 자질을 갖고 있었다. 그의 총명함을 보여 주는 일화가 전해진다.

한번은 환관이 꿀을 가져왔는데 꿀단지 속에 쥐똥이 들어 있는 것을 발견했다. 황제가 먹을 음식에 쥐똥이 들어갔다는 것은 그냥 넘어갈 일이 아니었다. 손량은 창고를 담당하는 관리를 불러 물었다.

"어찌하여 꿀에 쥐똥이 들어 있느냐?"

"폐하, 신이 꿀단지를 단단히 봉해 놓았는데 쥐똥이 들어갔을 리 없습니다. 꿀단지를 들고 온 환관에게 물어보시옵소서."

"그렇다면 최근에 환관이 꿀을 달라고 한 적이 있었느냐?"

"며칠 전에 달라고 했지만 황제 폐하를 위한 것인데 어찌 환관에게 사사로이 주겠습니까? 주지 않았습니다."

그 말을 들은 손량은 추리력을 발휘해 환관에게 다시 물었다.

"너는 황제가 먹어야 할 꿀을 먹으려다 창고를 담당하는 관리가 꿀을 주지 않으니 원한을 품고 몰래 쥐똥을 넣어 모함한 게 아니냐?"

환관은 펄쩍 뛰며 부정했다.

"제가 어찌 감히 그런 짓을 하겠습니까?"

꿀단지에 쥐똥은 들어가 있는데 꿀단지를 들고 온 사람은 넣지 않았다고 하고 꿀단지를 보관하고 있던 사람은 단지를 단단히 봉했다고 하니 둘 중 한 사람은 거짓말을 하고 있었다.

이때 손량이 지혜를 발휘했다.

"쥐똥을 쪼개 보아라."

쥐똥을 쪼개 보니 겉만 젖어 있을 뿐 안쪽은 말라 있었다.

"누가 쥐똥을 넣었는지 알겠다. 쥐똥이 꿀 속에 오래 있었다면 안까지 젖었을 텐데, 겉만 젖은 것을 보니 넣은 지 얼마 되지 않았구나."

손량이 자초지종을 명명백백하게 밝혀내자 마침내 환관이 죄를 자백했다.

"폐하, 죽을죄를 지었습니다."

손량은 이처럼 총명했지만 무도한 손침에게 억눌려 자신의 뜻을 제대로 펼치지 못했다. 그리하여 우울한 나날을 보내고 있을 때 황후의 오라비인 전기가 곁에서 물었다.

"폐하의 용안이 통 밝지가 않습니다."

그 말에 억눌러 두었던 손량의 통한이 터져 나왔다.

"흑흑흑! 처남, 내 이야기를 들어 보시오. 손침이 권세를 마구 휘두르니 그 무도함이 하늘을 울리고 땅을 흔들 지경이 아니오?"

"소신도 그리 여기고 있었습니다."

"이대로 놔두었다간 훗날이 걱정될 따름이오."

전기가 엎드려 절을 올리며 말했다.

"폐하, 신이 앞장서서 고민을 해결해 드리겠사옵니다."

"그대가 나서 준다면 용기가 나오."

"저만 믿으소서."

"지금 즉시 친위군인 금군들을 모아 유승 장군과 함께 각 성문을 지키도록 하오. 짐이 친히 나가 손침을 죽일 것이오. 그리고 이 일을 경의 어머니가 알게 해선 안 되오."

전기의 어머니는 손침의 사촌 누나였다. 그녀가 이 일을 알게 되면 곧바로 손침에게 전할 것이 뻔했다. 전기는 목숨을 걸고 맹세했다.

"폐하께서 조서를 내려 주신다면 거사를 치를 때 그 조서를 보여 주어 손침의 부하들이 날뛰지 못하게 하겠습니다. 손침의 군사는 원래 폐하의 군사가 아니겠사옵니까?"

"그 말이 옳소."

손량은 밀서를 써서 전기에게 주었다.

전기는 집으로 돌아와 어머니에게는 말하지 않고 아버지인 전상에게만 이 사실을 몰래 알렸다. 하지만 전상은 이내 아내에게 털어놓았다.

"사흘 안에 손침이 죽을 것이오. 너무 놀라지 마시오. 내가 심히 걱정되어 미리 말하는 것이오."

어리석은 전상은 아내에게 이렇게 말하고 말았다. 전상의 아내는 내심 놀랐지만 차분하게 물었다.

"어찌하여 그렇습니까?"

"황제께서 결심하셨소. 아들이 거사할 거요. 혈육의 정은 소중하지만 나라가 흔들리니 어쩌겠소. 당신도 너그러이 이해하고 참으시오."

아내는 평온한 얼굴로 대답했다.

"옳은 일입니다. 지금 손침이 하는 꼴을 보니 폐하께서 심려할 만합니다. 비록 제 사촌 동생이지만 나라로 본다면 해악을 끼치는 신하가 아니겠습니까?"

"아들이 말하지 말라 했지만 역시 당신은 지혜롭구려."

"아무 걱정 마십시오. 저는 입을 꽉 닫고 있겠습니다."

이렇게 남편을 안심시켜 놓은 뒤 전상의 아내는 바로 편지를 써서 손침에게 이 사실을 알렸다. 편지를 받아 본 손침은 이를 부드득 갈았다.

"황제가 이런 음모를 꾀하다니! 내 이대로 죽을 수는 없다."

손침은 그날 밤 동생들을 불러 정예병을 이끌고 궁궐을 겹겹으로 포위했다. 그리고 전상과 유승의 가족들을 모두 잡아들이게 했다.

다음 날 새벽, 손량은 거사가 실패했다는 사실을 환관을 통해 들었다.

"폐하! 손침이 군사들을 거느리고 궁궐을 포위했습니다."

"아, 일을 그르쳤구나."

"어쩌면 좋습니까?"

"이대로 물러설 수는 없다. 나라도 할 수 있는 것은 해야겠다."

손량은 칼을 뽑아 들고 달려 나가려 했다. 그러자 신하들과 황후가 말렸다.

"옥체를 보존하소서."

그때 이미 전상과 유승을 죽인 손침이 궁에 들어와 문무백관들 앞에서 호령하고 있었다.

"주상은 이미 제정신이 아니오. 오랫동안 주색잡기와 주지육림에 빠져 있었기 때문에 이렇게 된 것이오. 마땅히 폐위해야 하니, 이에 따르지 않는 자들은 역적으로 간주하겠소!"

관원들은 두려워 마음에도 없는 말을 내뱉었다.

"장군의 뜻대로 하소서!"

손침은 내전으로 들어가 손량에게 온갖 포악을 부렸다.

"너는 당장 내 손에 죽어야 마땅하지만 선제를 보아서 살려 주겠다.

폐위하고 회계왕으로 삼겠으니 당장 떠나라. 더욱 덕이 있는 분을 모셔다 황제로 세울 것이다.”

손침은 낭야왕인 손휴를 황제로 삼기로 했다. 손휴는 손권의 여섯째 아들이었다.

손휴는 황제의 어가를 보자 당황하며 거절했다.

“내가 감히 이 어가를 탈 수는 없소.”

손휴는 조그만 수레를 타고 어가를 따라 도성으로 들어갔다.

“황제 폐하 만세!”

문무백관이 환호하며 절을 했다. 손휴는 손침의 손에 이끌려 대전으로 들어갔다.

“보좌에 오르시지요.”

손침이 황제 자리에 오르라고 말했다.

“나는 자격이 없소이다.”

“아닙니다. 나라를 잘 다스려 주셔야 합니다.”

몇 번이나 사양하다가 할 수 없이 손휴는 옥새를 받았다. 이때가 태평 3년(258)이었는데 영안 원년으로 개원했다. 손침은 승상 겸 형주목에 올랐다. 과거에 유비가 차지했던 형주는 이렇게 해서 손침으로 주인이 바뀌었다.

이로써 손침이 모든 권력을 차지했다. 그의 집안에서 제후가 다섯 명이 나왔고 금군을 손아귀에 쥐고 있어 권세가 하늘을 찌를 듯했다. 꼭두각시 황제인 손휴는 손침이 언제 자신을 죽이거나 내칠지 몰라 두려움에 떨었다.

좌장군 장포[†]는 이렇게 오만한 손침을 보고 참을 수가 없었다.

'저 오만한 자를 어떻게든 내가 꺾어야겠다. 늦었지만 이제라도 황실의 법도를 바로 세워야 할 것이다.'

장포는 손휴를 찾아가 자신의 결심을 알렸다. 손휴는 장포와 이 문제를 논의했다.

"장 장군의 충성심은 가상하나 짐은 힘이 없소. 어쩌면 좋겠소?"

"폐하, 노장인 정봉[†]을 불러 의논하십시오. 그와 의논하면 좋은 계책이 나올 것입니다."

손휴는 즉시 정봉을 궁으로 불러들였다. 정봉은 자초지종을 들은 뒤 손휴를 안심시켰다.

"폐하, 걱정 마시옵소서. 그 버러지 같은 자는 나라에 해가 될 뿐입니다. 제가 반드시 없앨 것입니다."

"어떤 방법으로 그리 한단 말이오?"

"내일은 나라의 제사를 지내는 납일입니다. 신하들을 모두 부르십시오. 손침이 부름을 받고 들어오면 그때 제가 처리하겠습니다."

"그렇게만 된다면 짐은 그대들의 은혜를 결코 잊지 않겠소."

정봉은 장포와 함께 거사 준비를 했다. 그날 밤은 바람이 불고 날씨가 궂었지만 다음 날 아침이 되자 바람이 멈추었다.

손침은 궁중의 잔치에 참석하기 위해 준비했다. 그런데 자리에서 일어나려다가 갑자기 넘어졌다. 불길한 징조였지만 손침은 개의치 않고 사자로 온 사람들의 호위를 받으며 궁으로 들어가려 했다. 그러자 불안해진 집안사람들이 나서서 말렸다.

"간밤에 바람이 미친 듯이 불었고 오늘 아침에 까닭 없이 넘어지시는 것을 보니 불길합니다. 가지 마십시오."

"으하하하! 걱정 마라. 누가 감히 나에게 칼을 들이댄단 말이냐? 나와 형제들이 금군을 장악하고 있지 않느냐?"

"그래도 조심하셔야 합니다."

거듭 만류하자 손침도 꺼림칙했다.

"혹시 무슨 일이 생기면 불을 올려서 신호를 보내겠다. 그때 나를 구하러 오면 되지 않겠느냐?"

손침은 수레를 타고 궁으로 들어갔다. 술을 마시며 잔치를 한창 벌일 때였다. 갑자기 궁 밖에서 불길이 일어났다. 검은 연기가 치솟는 것을 보고 손침이 일어나려 했다.

"무슨 일인지 내가 가 봐야겠다."

그때 손휴가 말렸다.

"바깥에 군사들이 많은데 승상이 왜 직접 나서려 하시오? 알아서 불을 끌 것이오."

그 순간이었다.

"역적 손침은 꼼짝 마라!"

좌장군인 장포가 무사들을 이끌고 대전으

여기서 장포는 죽은 장비의 아들 장포가 아니야. 오의 장수인 장포인데 정사에 따르면 손휴가 낭야왕으로 있을 때 장포는 심복 장수였대. 그 인연으로 손휴로부터 특별한 총애를 받았다고 해.

～

정봉(丁奉)은 위에서 군사를 세 갈래로 나누어 오를 공격할 때 동흥으로 가서 위장 호준과 겨루게 돼. 호준이 여러 장수와 술잔치를 벌일 때 정봉이 허를 찔러 영채로 돌격하여 적을 크게 물리치는 공을 세워. 정사에 따르면 정봉은 원래 나이가 많은데 《삼국지연의》에서는 나이가 어린 것처럼 묘사되었어. 젊어서부터 용맹한 사람이었대. 나중에는 직위가 높아져 편장군이 되었고 좌장군을 거쳐 대장군까지 올랐어.

로 들이닥쳤다. 술에 취한 손침은 꼼짝 못하고 체포되어 땅바닥에 엎드렸다. 막강한 권세가 순식간에 무너진 것이다. 손침은 이미 상황이 기울어진 걸 알고 애걸했다.

"폐하, 저를 귀양 보내 주십시오. 밭이나 갈며 살 수 있게 목숨을 부지해 주시옵소서. 제발 살려만 주십시오."

그러나 손휴는 받아들이지 않았다.

"당장 저자의 목을 베어라!"

장포가 대전의 동쪽으로 손침을 끌고 가서 목을 베었다. 손침의 심복들이 이를 보고 두려움에 떨자 장포가 손휴의 칙명을 전했다.

"죄는 손침 혼자 지었다. 나머지 사람들에겐 죄가 없다."

이렇게 해서 손침의 수하들은 목숨을 부지할 수 있었다.

이때 정봉과 위막, 시삭 등의 장수들이 손침의 형제들을 모두 붙잡아 왔다. 그들은 손휴의 명에 따라 모두 저잣거리에서 목이 베였다. 수백 명이 죽고 일가친척을 포함해서 삼족을 멸했다.

"드디어 나라를 바로잡게 되었다. 손침의 손에 억울하게 죽은 신하들을 모두 제자리로 돌려놓아라."

손휴의 명령으로 제갈각, 등윤, 여거, 왕돈 등의 무덤을 크게 다시 만들었다. 귀양 간 사람들은 모두 고향으로 돌아오게 했고 벼슬이 떨어진 사람들에게는 다시 벼슬을 돌려주었다.

동오는 이 소식을 서신으로 써서 서촉의 성도에 알렸다. 그러자 서촉에서는 사신을 보내 축하했다. 동오에서는 다시 사신으로 설후를 보내어 서촉에 답례하게 했다.

설후는 돌아와서 손휴에게 서촉의 상황을 낱낱이 보고했다.

"그래, 서촉은 지금 어떠한가?"

"서촉은 지금 중병이 들었습니다."

"어찌하여 그런가?"

"중상시인 황호가 권력을 잡고 있고, 모든 신하들이 그에게 아부하고 있습니다. 조정에 바른 신하가 없고, 가난한 백성들은 도탄에 빠져 있습니다. 간신들이 득실득실하여 집에 불이 난 것도 모르는 격입니다."

손휴는 그 이야기를 듣고 탄식했다.

"제갈무후가 살아 있었다면 그 지경까지는 가지 않았을 텐데."

손휴는 다시 서신을 성도로 보냈다. 사마소가 위의 황제 자리를 빼앗으면 반드시 오와 촉을 치려 할 것이니 그때는 힘을 합쳐서 적을 물리치자는 동맹의 편지였다.

강유는 이 소식을 듣자 동오가 촉을 치지는 않을 것이라고 안심하며 표문을 올렸다. 다시 위를 치기로 한 것이다.

강유는 이십만의 군사를 일으켜 모하와 장익을 선봉으로 앞세워 진군했다. 강유는 한중에 이르자 하후패와 의논하여 기산으로 출진했다.

그때 위의 장수 등애는 마침 기산 영채에 머물며 군사들을 점검하고 있었다. 그런데 정탐꾼이 급히 달려와 보고했다.

"촉군이 와서 골짜기 어귀에 영채를 세 개나 세웠습니다."

"그게 정말이냐? 동태를 살펴야겠다."

등애는 높은 산에 올라가 촉군의 영채를 살펴보았다. 그러더니 무릎을 탁 치며 기뻐했다.

"하하하! 적들이 내가 쳐놓은 덫에 걸렸구나. 이제 걱정이 없도다."

병법에 밝은 등애는 언제고 또다시 강유가 쳐들어올 것을 알고 그들이 진을 칠 만한 곳에 땅굴을 미리 파 놓았다. 말하자면 땅굴의 출구에 촉군의 영채가 세워진 것이다. 아무리 큰 나라도 전쟁을 자주 일으키면 망하는 법이고, 천하가 평화롭다 하더라도 전쟁에 대비한 준비를 잊어버리면 위험한 법이다. 등애는 이를 잘 알고 미리 준비해 놓은 것이다.

등애는 아들인 등충과 사찬을 불러 공격 명령을 내렸다.

"일만의 군사를 이끌고 가서 좌우에서 촉군을 쳐라."

그리고 땅굴로 군사 오백 명을 침투시켰다.

한편 왕함과 장빈이 이끄는 촉의 좌군은 방금 도착하여 피곤했지만 위군이 언제 쳐들어올지 몰라 갑옷도 벗지 못하고 밤을 맞았다. 그때 땅굴로 잠입해 온 군사들이 영채 안으로 쏟아져 들어왔다. 동시에 밖에서 쳐들어온 등충과 사찬의 군사들이 협공을 했다. 안팎에서 협공을 당하자 미처 싸울 준비가 되어 있지 않은 촉의 군사들은 당황했다.

"이게 어찌 된 일이냐? 귀신이냐, 사람이냐? 일단 후퇴하라. 위군이 사방에 있다."

결국 촉군은 대적하지 못하고 도망치고 말았다.

이때 강유는 왼쪽 영채가 협공을 당하고 있다는 사실을 보고받았다. 강유는 중군 장막 앞에서 침착하게 명령을 내렸다.

"두렵다고 도망치는 자는 목을 베겠다. 적군이 다가오면 우리는 그저 활을 쏘면 된다."

그러면서 오른쪽 영채에도 경솔하게 행동하지 말라는 명을 내렸다. 위군은 대세를 몰아 촉군을 쓸어버리려고 들이닥쳤다. 그러나 우박처럼 쏟아지는 화살에 병사들을 크게 잃고 물러났다. 다시 공격하면 또다시 화살이 날아왔다. 열 번을 되풀이해도 열 번의 화살 세례 때문에 위군은 가까이 접근할 수 없었다.

"후퇴하라! 강유는 제갈공명에게 제대로 병법을 배웠구나. 야습을 당했는데도 우왕좌왕하지 않는 것을 보니 대단한 장수다!"

다음 날 왕함과 장빈이 패잔병을 이끌고 돌아와 엎드려 죄를 청했다. 강유는 그들을 일으켰다.

"그대들 잘못이 아니다. 내가 지리에 밝지 못해 이런 일이 벌어졌을 뿐이다. 손실을 만회하고 대비를 철저히 하여라."

촉군은 전사자들을 잘 묻어 주고 영채를 튼튼히 했다. 강유는 등애에게 서신을 보내 다음 날 싸우자고 청했다.

다음 날 양쪽 군사가 진을 치고 대치했다. 강유의 진은 제갈공명의 팔진법에 따른 형상의 진이었다. 등애도 이걸 보고 똑같은 형세의 진을 쳤다. 그야말로 판박이 진이었다. 강유가 이를 보고 비웃으며 말했다.

"네 녀석의 재주가 어떤지 알겠다. 나와 똑같이 진을 친 것을 보니 한심하기 짝이 없다."

그러자 등애가 웃으며 대답했다.

"너만 이 진법을 안다고 생각하느냐? 나도 진을 폈다. 내가 진을 변화시키는 것을 보겠느냐?"

"어디 한번 구경해 보자."

등애는 말을 돌려 진 안으로 들어가서 진법관(陣法官, 진을 펼치는 방법대로 집행하는 무관)에게 기를 휘두르게 했다. 진법관의 기에 따라 64개의 진문으로 변화하며 앞뒤 좌우로 질서정연하게 움직였다.

"어떠냐? 나의 진법이?"

강유는 코웃음을 쳤다.

"틀리지 않게 제법 잘했다만 나의 팔진을 포위할 수는 없을 것이다."

"어디 한번 해보아라."

양쪽 군사는 대오를 맞춰 진군했다. 군사들이 맞부딪쳤지만 진법은 흔들리지 않았다. 이때 강유가 명령을 내렸다.

"진을 바꾸어라."

깃발을 휘두르자 순식간에 진은 장사권지진(長蛇卷地陣, 뱀이 몸을 사리고 있는 모양의 진)으로 바뀌어 등애를 첩첩이 에워싸고 포위했다. 이 진법을 모르는 등애는 깜짝 놀라 빠져나가려고 몸부림쳤다.

"탈출구를 찾아라!"

그러나 길인 줄 알고 달려가면 적병들이 막아서고, 물러나면 다가오는 것이었다. 촉군이 점점 좁혀 들어오자 도무지 빠져나갈 수가 없게 된 등애는 등골에 식은땀이 흘렀다.

"등애는 항복하라!"

촉군의 함성에 등애는 한탄했다.

"아, 내가 솜씨를 보이겠다는 오만을 부리다가 죽게 생겼구나."

모든 일은 계획으로 시작되고, 노력으로 성취되며, 오만으로 망치는 법이다.

이때 갑자기 서북쪽에서 한 무리의 군사들이 진을 깨며 들이닥쳤다. 등애가 살펴보니 위군이었다. 이들의 도움으로 진을 깨부수며 등애는 도망쳤다. 등애를 구해 준 장수는 사마망이었다.

"장군, 여기는 안전합니다."

등애는 간신히 도망쳤지만 기산의 아홉 영채를 촉군에게 모두 빼앗기고 말았다. 큰 패배였다.

등애는 위수 남쪽으로 물러가 영채를 세운 뒤 사마망에게 물었다.

"공은 나의 영웅이자 귀인이며 생명의 은인이오. 어떻게 그 진법을 아셨소이까?"

"나는 어렸을 때 형남 땅에서 제갈공명의 친구들인 최주평, 석광원과 친분을 맺었는데 그때 이 진법에 대해 논한 적이 있소. 오늘 강유가 보여준 진은 장사권지진이오. 다른 곳을 아무리 공격해도 이 진은 깰 수가 없소."

"그런데 어떻게 공께서 나를 구해 주었소이까?"

"뱀의 머리를 잡으면 꼼짝 못하듯 진의 머리를 치고 들어가면 깰 수 있소이다."

등애가 예를 표했다.

"나도 그 진법을 배우기는 했지만 어설프게 알았던 것 같소. 깊이 알지 못하다 보니 이런 일을 당했소이다. 내일 그 진법으로 빼앗긴 영채를 되찾아 주시오."

나중에 알려진 사실이지만 제갈공명은 진의 변화법을 모두 책으로 써서 강유에게 전해 주었다. 덕분에 강유는 삼백육십오 가지나 되는 진의 변화법에 통달해 있었다.

내일 다시 진법으로 겨뤄 보자고 등애가 청하자 강유는 장익과 요화에게 만 명의 군사를 주어 산 뒤로 가서 매복하게 했다.

다음 날 강유는 군사를 이끌고 나가 진을 쳤다. 사마망도 군사를 거느리고 기산 앞에 도착했다. 강유가 소리쳤다.

"진법으로 나와 또 겨루고 싶다는 것인가?"

"그렇다."

"그럼 어디 진을 벌여 보아라."

그러자 사마망은 팔괘진을 펼쳐 보였다. 강유가 그걸 잠깐 보더니 비웃었다.

"그것은 나의 팔진법과 똑같지 않느냐? 남의 것을 흉내나 내니 훌륭하다고 할 수가 없구나. 진법을 한번 운용해 보아라."

사마망이 소리쳤다.

"우리 진은 팔십일 가지로 변형이 된다."

사마망이 진을 몇 가지로 변화시키자 강유가 웃으며 말했다.

"하하하! 나의 진법은 삼백육십오 가지로 변화한다. 너처럼 배움이 짧은 자가 그 이치를 알 리가 없지 않느냐? 등애를 내보내라. 내가 진법을 보여주겠다."

이때 등애는 사마망에게 진법으로 시간을 끌게 한 뒤 기산의 뒤쪽으로 돌아가서 기습 공격을 하려고 군사들을 이끌고 가고 있었다. 강유가 불러도 나올 리가 없었다. 강유는 껄껄 웃으며 말했다.

"내가 너희의 속셈을 모를 줄 아느냐? 내가 너와 진법을 겨루는 동안 등애는 저 산 뒤로 돌아와서 기습을 하겠다는 뜻이 아니더냐?"

사마망은 깜짝 놀랐다. 강유가 자신들의 속셈을 그대로 꿰고 있었기 때문이다.

"에잇, 안 되겠다! 촉군을 물리쳐라!"

사마망은 군사들을 진격시켰다. 그러자 강유는 촉군의 양쪽 날개의 군사들이 먼저 쳐들어가도록 지휘했다. 갑자기 삼면에서 촉군을 맞이한 위군은 도망치기 바빴다.

한편 등애는 선봉에 선 정륜을 재촉하여 기산의 배후로 진격하다가 강유가 숨겨 놓은 복병과 마주쳤다. 촉군의 선봉장은 요화였다. 요화는 정륜과 맞붙어 단칼에 정륜의 목을 쳤다. 거기에 장익이 군사들을 끌고 와서 협공하니 위군은 크게 패했다.

등애는 죽기 살기로 혈로를 뚫고 도망쳤지만 화살을 네 대나 맞았다. 간신히 위수 남쪽으로 건너가 영채에 도착하니 사마망도 패하여 돌아와 있었다.

"촉군의 기세가 너무 강하오."

"그러니 어쩌면 좋겠소?"

"후방을 공략합시다. 촉주 유선이 환관인 황호를 신임하고 있다 하니 황호에게 뇌물을 주고 반간계(反間計, 이간질하는 계책)를 씁시다."

등애는 첩자에게 황금과 명주를 챙겨 주었다. 첩자는 촉의 성도로 몰래 들어가 황호를 매수한 다음, 강유가 황제를 원망한 나머지 위에 곧 투항할 것이라는 유언비어를 퍼뜨렸다.

"강유가 곧 위군에게 항복한다네."

"창을 돌려 곧 성도로 쳐들어온대."

후주도 이런 헛소문을 듣고는 불안해했다. 뇌물을 받은 황호가 옆에서 부추겼다.

"폐하, 강유가 딴마음을 먹지 못하도록 어서 돌아오라 하옵소서. 오래 나가 있으면 마음이 변할 수 있습니다."

후주는 칙사를 보내 강유에게 성도로 돌아오라는 칙령을 전하게 했다.

이때 한참 등애와 싸우자고 시비를 걸던 강유는 칙사가 와서 칙령을 전하자 이유도 모른 채 군사를 거두어 회군해야 했다. 황제의 명령이 엄중했기 때문이다.

"마침내 촉군이 회군합니다. 저들을 쳐야 합니다."

"우리의 반간계가 먹혔다. 어서 치러 가자."

강유의 부대는 대오를 갖추어 퇴각했다. 여러 차례 정벌에 나섰다 퇴각해 본 경험이 있는 촉군은 질서정연했다. 이들을 치려고 달려온 등애는 그 모습을 보며 탄식했다.

"아, 강유는 제갈무후의 병법을 그대로 전수받았구나. 흐트러짐이 없어 공격할 곳이 전혀 보이지 않는다."

위군은 더 이상 추격하지 않고 영채로 돌아갔다.

서둘러 성도로 돌아온 강유는 후주를 알현하며 물었다.

"한창 적과 싸우는데 어찌하여 돌아오라 하셨습니까?"

당황한 후주는 둘러대기 바빴다.

"군사들이 너무 오랜 기간 나가 있어 고생할까 봐 불렀소. 다른 뜻은 없소이다.”

강유는 모든 것을 알아차렸다. 과거에 제갈공명이 똑같이 당한 적이 있었던 것이다.

“알겠습니다. 제가 위군의 영채를 모두 점령하여 공을 세우려는데 포기하게 된 것은 등애의 반간계가 있었음이 분명합니다.”

“그, 그럴 리가 있소?”

후주 유선은 당황했다.

“폐하, 신은 다른 마음이 없습니다. 역적을 무찔러 나라의 은혜를 보답하고자 하는 마음뿐입니다. 부디 소인배들의 말을 듣지 마소서.”

강유가 눈물을 흘리며 격정을 쏟아 내자 머쓱해진 유선이 말했다.

“그대를 의심할 리가 있겠소? 이제 됐으니 한중으로 돌아가서 위에 변란이 생기면 그때 다시 토벌하시오.”

강유가 물러나며 탄식했다.

“아, 하늘이 나를 돕지 않는구나.”

강유는 어쩔 수 없이 한중으로 돌아갔다. 제갈공명이 당했던 그 심정을 이제야 알 것 같았다. 나라를 이끄는 황제라는 자가 저렇게 어리석으니 대업을 이루는 것은 불가능했다.

이 사실을 알게 된 등애는 낙양에 있는 사마소에게 정세를 보고했다. 사마소는 촉이 흔들린다는 것을 알고 가충과 의논했다.

“지금 촉을 치면 어떻겠소?”

“아직은 아닙니다. 황제가 주공을 의심하고 있는데 이럴 때 출병하면 반드시 큰 난리가 납니다.”

사마소가 화를 냈다.

"속히 도모하지 않으면 내가 죽게 생겼다. 조모가 나를 그렇게 의심한단 말이냐?"

가충이 대답했다.

"심려 마십시오. 제가 조만간 도모하겠습니다."

"에잇, 도저히 분을 삭일 수 없구나."

사마소는 화가 머리끝까지 치솟아 칼을 찬 채 대전으로 들어갔다. 그러자 조모가 일어나서 맞았다. 신하들은 입을 모아 말했다.

"공덕이 큰 대장군은 진공이 될 만하오니 구석의 예를 받아도 마땅하옵니다."

하지만 조모는 대답하지 않았다. 아무리 힘없는 황제라도 그 제안이 마땅치 않았던 것이다. 사마소가 그것을 보고 말했다.

"내 아버지와 우리 형제들이 그렇게 큰 공을 세웠는데도 황제께서는 내가 진공이 되는 것이 마땅치 않다는 말이오?"

황제인 조모가 두려움에 떨며 말했다.

"그대의 말을 어찌 거역하겠소?"

"그런데 황제께서는 어찌하여 잠룡시라는 시를 지었소이까?"

사마소가 어디서 구했는지 시를 쓴 종이를 내밀며 다그쳤다. 시의 내용은 다음과 같았다.

슬프구나, 용이 곤경에 빠져
깊은 못에서 벗어나질 못하네

하늘로 날아오를 수도 없고

밭에서 일어서지도 못한다

그저 우물 속에 웅크리고 있으니

미꾸라지 뱀장어들만 날뛴다

이빨을 감추고 발톱도 숨겼으니

내 신세도 어찌 다르다 하겠는가

조모는 대답하지 못했다. 아무 힘도 없고 답답한 마음을 표현한 시를 궁 안에 가득한 사마소의 첩자들이 전한 것이 분명했기 때문이다.

"그건 그냥 심심해서 끄적거린 것이오. 절대 마음에 두지 마시오. 짐의 본심은 그런 것이 아니오."

조모가 변명했다.

"다시 한 번 이런 식으로 신의 충성을 의심하고 인내심을 시험한다면 가만있을 수 없소이다."

사마소가 대전에서 물러가자 조모는 후궁으로 들어가 시중인 왕침과 상서인 왕경, 그리고 산기상시 왕업에게 눈물로 호소했다.

"사마소를 쳐 주시오. 이렇게 모욕을 받고 살 수는 없소이다."

왕경이 만류했다.

"폐하, 지금은 때가 아닙니다. 폐하 주위에 사람도 부족하고, 명령을 내리셔도 아무도 수행하려 하지 않습니다. 천천히 도모하십시오."

그러나 조모는 더 이상 참을 수가 없었다.

"이 지경을 당하고 짐이 어찌 살 수 있단 말이오?"

조모가 벌떡 일어나 태후전으로 가서 이 사실을 말했다. 그러자 왕침과 왕업이 왕경에게 속삭였다.

"이대로 있다간 우리까지도 멸족을 당하오."

"그러니 어쩌란 말이오? 힘이 없는데."

"황제께서 저토록 복수를 원하니 자칫하면 우리 목숨도 위험하오."

"그건 그렇소."

"사마공에게 가서 이 사실을 고하고 우리 목숨이라도 구합시다."

그러자 왕경이 분노하며 말했다.

"그대들은 부끄러운 줄도 모르오? 왕이 근심이 있으면 신하들이 풀어 드려야 할 것인데 어찌 딴 뜻을 품는단 말이오?"

결국 왕침과 왕업은 강직한 왕경을 설득하지 못하고 둘이서만 사마소에게 가서 이 사실을 모두 알렸다.

이때 조모는 궁궐 안에 있던 하인과 숙직하던 호위병 삼백 명을 모아 북을 치고 함성을 지르며 나아가게 했다. 직접 칼을 들고 호령하며 궁궐 남문으로 향했다. 이래 죽으나 저래 죽으나 죽는 건 마찬가지라고 생각한 것이다.

"폐하, 이러시면 아니 되옵니다."

왕경이 흥분한 조모를 보고 엎드려 빌었지만 소용이 없었다.

"비키시오. 짐이 직접 그자를 응징하겠소."

"폐하, 지금 겨우 수백 명으로 사마소를 치려는 것은 계란으로 바위를 치는 것과 같습니다. 헛되이 목숨만 잃을 뿐이니 무모한 일을 그만 두시옵소서."

"짐은 이미 군사를 일으켰소. 막을 수 없소."

그때 소식을 듣고 가충과 성쉬, 성제와 함께 무장을 한 수천 명의 금군이 함성을 지르며 달려왔다. 왕을 지켜야 할 금군이 왕에게 달려드는 것이었다.

"너희가 임금을 죽이려는 것이냐?"

죽음을 각오한 황제가 앞으로 나서며 큰 소리로 외쳤다. 그러자 금군들은 움직이지 못하고 머뭇거렸다. 그때 가충이 성제에게 명했다.

"사마공께서 길러 주신 은혜를 모르느냐? 사마공께서 너를 어디에 쓰려고 길렀겠느냐? 바로 지금 같은 일을 해야 한다."

그러자 성제는 창을 든 채 황제의 수레로 달려갔다. 조모가 살기등등하게 달려오는 성제를 보고 소리쳤다.

"네 이놈! 황제 앞에서 어찌 이렇게 무도하단 말이냐?"

그러나 이미 눈이 뒤집어진 성제는 창을 들어 그대로 조모를 찔러 버렸다. 창이 가슴을 관통해 등을 뚫고 나왔다. 무모하게 일을 벌인 조모는 그 자리에서 죽고 말았다. 나머지 무리는 모두 도망갔고 왕경은 붙잡혀 결박되었다.

"무엇이? 황제께서 승하하셨다고? 이럴 수가! 으흐흐흑! 모두 내가 부덕한 탓이다."

사마소는 조모의 시신을 보자 슬퍼하는 척하며 머리를 찧고 통곡했다. 조모의 시신은 관에 넣어 안치되었다. 신하들이 모두 모여 있는 곳에서 사마소는 거짓으로 곡을 하다가 물어보았다.

"오늘 일을 어찌 처리하면 좋겠소?"

진태가 대답했다.

"가충의 목을 베어야 합니다. 그래야 세상 사람들이 조금이라도 용서할 것입니다."

"다른 방법은 없겠는가?"

"그 방법뿐입니다."

하지만 사마소는 이런 명령을 내렸다.

"성제가 황제를 죽였다. 그 살을 발라내고 삼족을 멸하여라."

성제가 억울해하며 소리쳤다.

"나는 아무 죄가 없다. 가충이 명령을 내려서 따랐을 뿐이다."

사마소는 성제가 무슨 말을 할지 몰라 두려웠다.

"저자의 혀를 잘라라!"

혀가 잘린 성제는 죽을 때까지 몸부림치며 저주를 퍼부었다. 황제를 시해한 죄로 성제의 집안은 삼족이 몰살당했다. 사마소가 가충에게 시해를 명령했고 그 명령을 성제가 행동으로 옮겼는데 죽은 것은 성제뿐이라고 후세 사람들은 탄식했다. 그 사실을 모를 리 없는 백성들의 눈을 속이려고 했다는 것이다.

사마소는 왕경의 식구들도 모두 잡아서 옥에 가두었다. 왕경은 어머니가 붙잡혀 들어오자 통곡하며 말했다.

"불효자 때문에 어머니께서 고초를 겪으십니다."

어머니가 웃으며 말했다.

"아들아, 걱정하지 마라. 세상에 죽지 않는 자가 어디 있단 말이냐? 죽을 자리를 찾지 못할까 걱정되었는데 이렇게 죽게 되니 아무 한도 없구나.”

다음 날 왕경의 가족은 모두 저잣거리로 끌려가 죽었다.

사마소는 조황을 새로 황제로 세웠다. 조황은 황제가 되자 이름을 조환으로 고쳤다. 그는 위 무제인 조조의 손자였다. 허수아비 황제인 그는 사마소를 승상 겸 진공에 봉하고 돈 십만 냥과 비단 일만 필을 하사했다.

이 소식은 즉시 촉에 전해졌다. 한의 정통을 이은 대의명분이 자기들 편에 있다고 생각하는 촉에는 희소식이었다. 강유는 얼굴 가득 기쁜 표정을 지으며 말했다.

“이제야말로 위를 칠 확실한 명분을 찾았다.”

그는 동오에 서신을 보내 임금을 죽인 사마소의 죄를 묻자고 청했다. 그리고 후주의 허락을 받아 십오만의 군사를 이끌고 다시 출병했다. 촉군은 세 방면으로 나뉘어 기산을 향해 진군했다.

등애도 곧바로 촉군이 세 방면에서 쳐들어온다는 소식을 들었다. 그가 장수들을 모아 놓고 의논하는데 참군인 왕관이 말했다.

“제가 계책을 글로 써서 가져왔으니 읽어 보십시오.”

등애가 그 글을 읽고 웃었다.

“좋은 계책이긴 하지만 강유는 속지 않을 것이오.”

“제가 목숨을 걸고 해보겠습니다.”

“그렇다면 어디 한번 해보시오.”

왕관은 오천 명의 군사를 끌고 나아가다 촉군의 정탐병과 마주쳤다.

“위군이다!”

전투태세를 갖춘 촉군 앞에 왕관이 나서며 말했다.

"창을 거두시오. 나는 항복하러 왔소이다. 대장을 만나게 해주시오."

이 소식을 전해 들은 강유가 달려 나왔다. 왕관은 땅에 엎드려 자신의 사연을 이야기했다.

"저는 왕경의 조카인 왕관입니다. 들으셨겠지만 사마소가 임금까지 죽이고 저의 숙부의 가문을 멸하였습니다. 그 원한을 갚을 길이 없던 차에 장군께서 그 일로 군사를 일으켰다는 소식을 듣고 부하 오천 명을 끌고 왔습니다. 저자들을 쳐 죽이고 숙부의 원수를 갚도록 도와주십시오."

강유가 크게 기뻐하며 말했다.

"어서 오시오. 진심으로 그대를 환영하오. 하지만 우리에게는 군량이 부족하오. 서천 어귀에 있는 군량과 마초를 우리에게 가져온다면 그걸 가지고 기산을 치러 가겠소."

"주신 임무를 성공적으로 완수하겠습니다."

왕관은 강유가 자신을 받아 주자 속으로 크게 기뻐했다.

"그럼 오천의 군사를 이끌고 당장 가서 임무를 수행하겠습니다."

왕관은 자신의 군사들을 데려가겠다고 했다.

"군량을 가져오는 데 오천 명의 군사가 다 필요하지는 않을 것이니 삼천 명만 데리고 가시오. 이천 명을 남겨 놓으면 나는 그자들과 함께 기산을 치겠소."

왕관은 안 된다고 하면 의심을 살 것 같았다.

"알겠습니다. 그 군사로 해보겠습니다."

왕관은 삼천의 군사를 데리고 길을 떠났다. 그때 하후패가 소식을 들고 황급히 달려왔다.

"도독은 어찌하여 왕관이라는 자의 말을 믿으십니까?"

"왜 그러시오?"

"내가 위에 있을 때 왕관이 왕경의 조카라는 말을 들은 적이 없습니다. 속임수가 분명합니다."

"하하하! 장군, 나는 이미 저자가 속임수를 쓰는 것을 다 알고 있소이다. 그래서 역으로 계략을 쓴 것이니 걱정하지 마시오."

"그 사실을 알고 계셨습니까?"

"그렇소. 사마소가 얼마나 간특한 자인데, 왕경을 죽이고 삼족을 멸했는데 조카를 남겨 놓았겠소? 게다가 그 조카에게 요충지를 지키는 중요한 임무를 맡겼을 리가 없지 않겠소?"

"그렇다면 다행입니다."

강유는 군사를 이끌고 나아가지 않았다. 오히려 왕관의 계책에 대비하여 군사를 매복시켰다. 며칠 뒤 매복해 있던 군사들은 왕관이 사자를 시켜 등애에게 서신을 보내는 것을 발견하고 사자를 붙잡아 서신을 빼앗았다. 서신의 내용은 왕관이 샛길을 이용해 촉군의 군량을 기산으로 보낼 테니 군사를 담산 골짜기로 보내 가져가라는 내용이었다.

"역시 예상한 대로군."

강유는 서신의 내용을 등애가 직접 군사를 이끌고 담산 골짜기로 와서 협공하라는 것으로 고쳤다. 그리고 가짜 사자를 통하여 조작된 서신을 위군 진영으로 보냈다. 강유는 하후패와 함께 산골짜기에 매복했다.

이 사실을 알 리 없는 등애는 편지를 받아 보고 크게 기뻐했다.

약속한 날이 되자 등애는 오만 명의 정예병을 이끌고 담산 골짜기로 왔다. 그리고 정탐병에게 높은 곳에 올라가 멀리까지 정탐하게 했다.

"군량을 실은 수레들이 끝없이 몰려오고 있습니다."

등애가 직접 말을 타고 가까이 가서 보니 위군이 정말 수레를 끌고 오고 있었다. 좌우의 부하 장수들이 말했다.

"어서 가서 왕관을 맞으시지요."

"아니다. 산세가 험한 것을 보니 복병이 있으면 빠져나오기 힘들다. 여기서 기다리는 것이 낫겠다."

그때 다른 소식이 들어왔다.

"왕관 장군이 군량과 마초를 가지고 오는데 촉군이 쫓아오고 있다고 합니다. 빨리 구원하러 가야 합니다."

그 말을 듣자 등애는 당황하여 군사들을 이끌고 달려갔다. 위군이 움직이기 시작하자 갑자기 등 뒤에서 적병이 모습을 드러냈다. 촉의 장수인 부첨과 매복해 있던 군사들이 뛰쳐나온 것이다.

"등애야, 너는 우리 꾀에 걸려들었다. 말에서 내려라!"

등애는 깜짝 놀라 말을 돌려 도망쳤다. 군량 대신 마른 장작과 풀, 화약과 염초가 실려 있던 수레에서 불길이 치솟았다. 그 불길을 신호로 양쪽 골짜기에서 매복해 있던 촉군이 쏟아져 내려와 위군을 마구 죽이고 사로잡았다. 혼란 속에서 강유가 큰 소리로 외쳤다.

"등애를 사로잡은 자에게는 큰 상을 주고 제후로 봉할 것이다."

등애는 갑옷과 투구를 벗어 던지고 보병 속에 숨어 걸음아 날 살려라 도망쳤다.

한편 왕관은 이런 사실도 모르고 등애와 약속한 장소에서 기다리고 있었다. 그런데 부하가 급히 달려와 보고했다.

"장군! 촉군이 우리를 에워싸고 삼면에서 쳐들어오고 있습니다. 도망갈 길이 없습니다."

왕관은 군량과 마초를 실은 수레에 불을 지르게 했다. 적들에게 양식을 빼앗길 수 없다고 생각한 것이다. 불길이 활활 타오르는 가운데 왕관이 소리쳤다.

"모두 죽을 각오를 하고 싸워라!"

강유는 군사를 세 방면으로 나누어 위군을 뒤쫓고 있었다.

"왕관은 분명히 살려고 위로 달아났을 것이다. 어서 추격하여라."

그런데 왕관은 오히려 허를 찔러 한중으로 쳐들어가고 있었다. 왕관은 촉군이 쫓아오지 못하도록 관문마다 불을 질렀고, 잔도(棧道 절벽에 구멍을 낸 뒤 그 구멍에 받침대를 넣고 받침대 위에 나무판을 놓아 만든 길)를 다 태워 없앴다.

강유는 한중이 불안해지자 군사들을 돌려 좁은 샛길로 왕관을 추격했다. 왕관은 사방에서 밀려드는 촉군의 공격을 막아 내지 못하고 그만 흑룡강에 몸을 던져 목숨을 끊었다.

강유는 등애에게 큰 승리를 거뒀지만 군량과 마초를 다 잃었고 잔도까지 불타 더 이상 앞으로 나아가 싸울 수가 없었다. 적의 계교를 역이용하려다 비싼 대가를 지불한 것이다.

"안타깝지만 군사를 물려라. 후퇴한다."

강유는 아쉽지만 다 잡았던 승기를 놓치고 한중으로 군사를 물리고 말았다.

한편 등애는 기산 영채로 돌아가자마자 황제에게 표문을 올려 죄를 지었으니 벌을 주라고 청했다.

"촉군에게 크게 패했습니다. 저의 죄를 물어 주십시오."

하지만 사마소는 그동안 여러 차례 큰 공을 세운 등애의 공로를 인정했다.

"그대가 있어 촉군이 더 이상 침범하지 못하지 않았는가. 큰 공을 세운 것이다."

등애에게 벌을 주기는커녕 오히려 많은 재물을 하사했다. 등애는 자신은 한 것이 없다며 재물을 부하 장수와 군사들에게 모두 나눠 주었다.

사마소는 더 이상 싸울 마음이 없어 요충지를 굳게 지키라는 명령만 내렸다.

7
최후의 접전

촉한의 경요 5년(262)이었다. 강유는 대장군으로서 제갈공명에게 물려받은 과업을 반드시 이루고자 하는 집념을 버리지 않았다. 왕관이 불살라 버린 잔도를 수리하고 무기를 정비했다. 만반의 준비를 하고 다시 원정에 나서려는 것이었다. 그는 필사적인 심정으로 후주 유선에게 표문을 올렸다.

애석하게도 신이 여러 번 출전하였지만 공을 세우지 못했습니다. 하지만 위는 분명히 저의 공격으로 간담이 서늘했을 것입니다. 끊임없이 군사를 양성

했으니 이제 싸우지 않으면 게을러집니다.

죽음을 불사할 각오로 병사들이 기다리고 있고 장수들은 명령만 내려 달라 하고 있습니다. 이번에도 공을 세우지 못한다면 목숨을 내놓겠습니다. 부디 군사들을 움직이는 것을 허락하여 주시옵소서.

우유부단한 후주는 표문을 읽고 결정을 내리지 못했다.

"어쩌면 좋겠는가?

초주가 나서서 아뢰었다.

"천문을 보니 우리에게 불리합니다. 대장군이 다시 출사하려는 것은 이롭지 못하니 조서를 내려 중단하라 하십시오."

그러나 후주는 강유가 이토록 강하게 원하자 망설여졌다.

"이번에야말로 목숨을 걸고 싸우겠다니 한 번 더 기회를 줍시다."

초주가 거듭 말렸지만 후주는 듣지 않았다. 후주의 허락이 떨어지자 강유는 군사를 일으키기 전에 요화에게 어느 곳을 먼저 칠지 물었다. 요화가 대답했다.

"등애가 너무나 강하게 버티고 있어 쉽지 않습니다. 게다가 오랫동안 자주 출정하여 군사들과 백성들이 모두 지치고 힘든 상태입니다. 이런 데도 나가 싸우겠다고만 하시니 소장은 찬성하기가 어렵습니다."

요화도 반대하고 나서자 강유는 발끈했다.

"어느덧 내가 위를 친 것이 여덟 번째다. 제갈 승상께서는 여섯 번을 기산으로 나가셨다. 이 모든 것은 개인의 사리사욕을 위한 것이 아니라 한나라 황실의 복원을 위한 것이다. 나 역시 마찬가지다. 이번에는 조양을 공격하여 반드시 뜻을 이룰 것이다."

강유도 나이를 먹어 이미 판단력이 흐려졌다. 그런 그에게 아무도 반론을 제기하지 못했다. 주위의 이야기를 듣지 않는 아집에 사로잡히면 올바른 판단을 하기가 어렵다.

강유는 삼십만의 군사를 끌고 조양으로 향했다. 등애는 이 소식을 듣자 즉시 정탐꾼을 보내 자세한 상황을 파악하도록 했다.

"촉군이 조양 땅으로 향하고 있습니다."

등애와 함께 계략을 논의하던 사마망이 물었다.

"정말로 조양으로 가는 것일까요? 아닐 수도 있소이다. 실은 기산을 취하려고 일부러 조양으로 가려 하는 것이 아니겠소?"

등애가 대답했다.

"이번에는 정말 조양을 치려는 것 같소."

"어찌하여 그렇다는 것이오?"

"지금까지 강유는 우리의 군량이 있는 곳을 공격했지만 조양에는 군량이 없소. 그래서 우리가 조양을 지키지 않을 거라 생각하는 것이오. 아마도 조양을 차지한 다음에 강족과 손을 잡고 군량을 비축해 놓은 뒤 오래도록 싸울 모양이오."

등애는 손바닥을 들여다보듯 강유의 계략을 환히 꿰고 있었다.

"그렇다면 큰일 아니오? 이번엔 저들이 작전을 바꾸었소."

"군사를 두 방면으로 나누어 조양을 지원해야 하오. 공은 군사를 이끌고 조양성으로 가서 매복하시오. 성문을 활짝 열고 인기척을 내지 말고 기다리고 계시오. 나는 조양성에서 이십오 리 떨어진 후하성에 매복해 있겠소. 그럼 우리가 반드시 이길 것이오."

그들은 각자 임무를 맡은 대로 출정했다.

이때 강유는 하후패를 선봉으로 조양을 공격하게 했다. 조양에 가까이 가 보니 예상 외로 성문이 활짝 열려 있고 빈 성처럼 보였다.

"이상하다. 방비가 없을 리가 없는데 속임수인 것 같다."

그러자 어리석은 장수들이 말했다.

"딱 봐도 빈 성입니다. 무엇을 두려워하십니까? 성을 버리고 도망간 것이 분명합니다."

성 주위를 둘러보니 과연 백성들이 도망가는 것이 보였다.

"빈 성이 맞구나. 들어가자."

하후패가 안심하고 앞장서서 성으로 들어갈 때였다. 갑자기 성 위에서 요란한 북소리, 뿔피리 소리가 나며 숨어 있던 군사들이 모습을 드러냈다.

"적의 꾀에 넘어갔다. 후퇴하라!"

그러나 달리는 군마를 돌려 갑자기 후퇴하는 것은 쉬운 일이 아니었다. 무수히 쏟아지는 위군의 화살에 하후패는 오백 명의 군사들과 함께 목숨을 잃고 말았다. 하후패는 위를 버리고 촉으로 귀순했는데 결국 이렇게 뜻을 이루지 못하고 죽은 것이다. 성안에서 사마망이 달려 나와 맹렬한 공격을 퍼부었다. 촉군의 대패였다. 강유가 구원군을 이끌고 오지 않았더라면 더 큰 피해를 볼 뻔했다. 강유는 사마망을 물리치고 성 밑에 영채를 세워 본격적인 공격을 준비했다.

강유는 하후패가 적의 화살을 맞고 전사했다는 소식에 크게 상심했다.

"아, 하후 장군이 죽다니! 나에게 큰 의지가 되었는데."

그날 밤 등애가 후하성에서 군대를 이끌고 와 야습을 감행했다. 사마망도 조양성 안에서 군사들을 이끌고 나와 협공을 하니 촉군은 대패하고 말았다.

"후퇴하라!"

강유는 이십 리나 후퇴하여 영채를 세웠다. 두 번 연속하여 패배하자 촉군의 사기는 땅에 떨어졌다. 강유는 사기를 북돋우려 노력했다.

"모두 흔들림 없이 싸우도록 하라. 군사와 장수를 잃었지만 우리는 아직 싸울 힘이 남아 있다. 물러나려 하는 자가 있다면 즉시 목을 베겠다."

장익이 계책을 내놓았다.

"위군은 이쪽에 몰려 있습니다. 분명히 기산이 비어 있을 것입니다. 장군께서 등애와 싸우는 척하면 그사이에 저는 기산을 공격하겠습니다. 기산에 있는 아홉 개의 영채를 점령한 뒤 곧바로 군사들을 이끌고 장안으로 달려가면 좋을 것 같습니다."

"그거 좋은 계책이오."

장익은 군사들을 이끌고 기산을 향해 떠났다. 장익을 보호하기 위해 강유는 일부러 등애와 여러 번 겨루었지만 승부가 나지 않았다. 다음 날 강유가 또다시 싸움을 걸자 등애는 갑자기 의문이 들었다.

'촉군이 크게 패했는데도 왜 후퇴하지 않고 버티는 걸까? 이유가 있을 텐데……. 왜 그럴까? 옳거니! 저자들이 기산을 치려는 것이구나. 내가 어서 가서 구해야겠다.'

등애는 통찰력이 있었다. 눈에 보이지 않는 것을 추론해서 알아내는 탁월한 능력이었다. 등애는 아들 등충에게 당부했다.

"촉군이 와도 절대 나가 싸우지 마라. 너는 이곳을 지키기만 해라. 나는 기산을 구하러 갈 것이다. 시간을 버는 것이 네가 할 일이다."

그날 밤 강유가 영채 안에서 다음 전략을 짜고 있을 때 등애가 기습해 왔다.

"등애의 군사가 쳐들어왔습니다."

"함부로 움직이지 마라."

정말로 등애가 나타나서 촉군 앞에서 변죽을 울렸다.

"늙은 강유는 어서 나와라!"

자신이 이곳에 그대로 남아 있다는 걸 보여주려는 시위였다. 촉군이 긴장하며 웅크리는 것을 보고 탐색을 마친 등애는 재빨리 기산으로 떠났다. 강유 역시 그걸 모를 리 없었다.

"등애는 야습을 하는 척하고 기산을 구하러 갔을 것이다. 나도 저들의 뒤를 쫓아 기산으로 가야겠다."

강유는 영채를 잘 지키라고 명령을 내린 뒤 삼천 명의 군사를 이끌고 장익을 지원하기 위해 떠났다.

이때 장익은 기산의 영채를 함락하기 직전이었다. 자신의 작전이 성공했다고 생각하여 장익이 맹렬히 공격을 퍼붓고 있을 때 등애의 원군이 나타났다. 생각지도 못한 등애의 기습에 촉군은 크게 패하여 도망쳤다.

하지만 장익의 군사들이 위기에 빠졌을 때 강유의 군사들이 다시 원군으로 나타났다. 힘을 얻은 장익과 강유가 협공을 펼치자 등애는 크게 패하여 기산 영채로 들어가 웅크렸다. 한 마디로 번갈아 상대에게 치명상을 안긴 꼴이다. 강유는 사방을 포위하고 공격했다. 그러나 등애는 움직이지 않았다. 이대로 버티기에 들어가려는 속셈이었다.

사실 강유에게는 적이 하나 더 있었다. 그것은 바로 후주 유선이었다. 후주는 자신의 아버지인 유비가 촉을 어떻게 일궜는지는 생각도 하지 않고 주색에 빠져 있었다. 후주는 주지육림에서 소인배들의 말만 듣고 있었다. 어진 이들은 모두 떠나고 소인배와 간신들만 득시글거렸다.[†]

여기에는 후주의 우유부단함이 한몫했다. 일의 성공 여부는 사실 하늘에 달려 있다. 무슨 일이든 망설이거나 무관심하기보다는 불완전한 채로 시작하는 것이 앞으로 나아가는 길이다. 후주가 이렇게 무능한 것은 성격이 우유부단하기 때문이다. 실패하더라도 국가 경영을 망설이지 않고 시행하는 패기가 없었던 것이다.

유비가 두려워한 것도 바로 그것이다. 후주가 우유부단하다 보니 주위에 아부하는 자들이 많아질 수밖에 없었다. 우장군 염우라는 자는 실전 경험도 별로 없는 주제에 환관 황호에게 아첨하여 벼슬을 얻었다. 그는 황호를 설득해서 자신에게 이롭도록 후주에게 아뢰게 했다.

"강유는 대장군이라고 하지만 여러 번 나가 싸우고도 공로를 세운 것이 없습니다. 염우를 대신 보내는 게 좋겠습니다."

염우가 자신의 주제도 모르고 나서려 하자 후주는 강유에게 돌아오라는 칙령을 내렸다. 기산의 위군을 공격하느라 여념이 없던 강유였지만 빨리 돌아오라는 황제의 칙령을 어길 수는 없었다.

"아, 하늘이 나를 말리는구나."

강유는 탄식한 뒤 군사들을 퇴각시켰다. 그날 밤 퇴각하는 촉군이 기세를 높이며 북을 치고 공격하는 분위기를 띠웠지만 등애는 꼼짝 않고

영채에 머물렀다. 다음 날 날이 밝자 부하들이
와서 말했다.

"촉군이 모두 물러났습니다. 그들의 영채가
텅 비어 있습니다."

"계략일 수 있다. 섣불리 따라가지 마라."

등애는 강유를 추격하지 않았다.

강유는 이를 악물고 성도로 돌아와 알현을
청했지만 후주는 열흘이 지나도 만나 주지 않
았다.

"이상하군. 나를 오라고 해놓고 왜 만나 주
지 않으시는 걸까?"

그러자 비서랑 극정이 말했다.

"장군은 아직도 내막을 모르시는구려. 황호
가 염우에게 공을 세울 기회를 주려고 이 모든
일을 꾸몄습니다."

"그게 정말이오?"

"그렇소. 하지만 염우가 정작 전쟁터로 나가
려 하니 등애를 감당할 수 없을 것 같아 차일
피일 미루고 있소이다."

강유는 크게 분노했다.

"이 환관 놈을 반드시 죽이고야 말겠다."

그러자 극정이 말렸다.

여기서 잠깐!!

강유가 계속 북벌을 하고 있지만
사실 촉은 문약(文弱)에 빠져 있었
어. 문약이라는 말의 원뜻은 글에
만 치중해서 성격이나 체질 따위
가 나약하다는 거야. 다시 말해 문
사만을 받들어 치중하고 실천이나
무예를 중요하게 여기지 않아 성격
이나 체질 따위가 나약한 거지. 이
때까지 촉은 험한 지형 덕에 위의
직접적 침략을 받지 않았어. 제갈
공명이나 강유의 북벌은 멀리 나가
싸우는 거야. 그렇다 보니 위기의
식이 사라지고 조정에 남은 자들이
아무 경쟁력이 없게 된 거지. 이게
촉의 멸망을 가져오고 말았어.

"장군, 경솔히 움직이지 마시오. 자칫하다 지금 환관의 말만 들으시는 폐하께서 장군을 멀리하시면 오히려 불미스러운 일이 벌어질 수도 있소이다."

"그 말씀은 맞소. 하지만 나라에 해만 끼치는 그자를 어떻게 그냥 내버려 둘 수 있겠소?"

"그럼 황제께서 잔치를 열 때 몰래 숨어 계시다가 나타나서 직언을 하시지요."

강유에겐 제갈공명 같은 큰 지략은 없어도 남의 말을 듣는 귀는 있었다.

"그렇게 하겠소."

다음 날 후주가 후원에서 잔치를 베풀어 황호와 함께 술을 마시고 있을 때였다. 강유가 몇 사람을 거느리고 그 장소에 나타났다.

"아니, 장군이 이곳엔 어쩐 일이오?"

강유는 정자 아래에 엎드려 절한 뒤 울면서 말했다.

"폐하, 저는 기산에서 등애를 곤경에 빠뜨려 곧 대업을 이루려 했는데 폐하께서 부르셨습니다. 어찌하여 그러셨습니까?"

후주는 할 말이 없었다. 옆에 숨어 있던 황호는 눈만 끔뻑대고 있었다.

"말씀을 안 하셔도 황호가 농간을 부리는 것을 다 알고 있사옵니다. 이것은 마치 과거의 십상시†와 같고, 멀리 본다면 조고†의 행태와 다를 바 없습니다."

"뭐, 꼭 그런 건 아니오."

"어서 황호를 죽이십시오. 그래야 조정이 바로잡히고, 중원도 그 뒤에야 회복할 수 있습니다."

어리석은 후주는 황호를 감싸고돌았다.

"황호는 심부름이나 하는 신하일 뿐이오. 십상시와 같은 권력을 가지고 있다니 얼토당토않소."

"황호를 죽이셔야 합니다. 그것만이 앞날의 화를 막는 길입니다."

강유의 직언이 거듭 이어지자 후주는 발끈했다.

"어찌하여 장군은 큰 아량으로 황호를 용서하지 못하고 죽이라고만 한단 말이오? 여봐라, 황호를 나오라고 하여라."

숨어 있던 황호가 벌벌 떨며 나오더니 강유에게 절을 하고 말했다.

"저는 폐하를 모실 뿐입니다. 제가 무엇을 알겠습니까? 소인의 목숨은 장군의 손에 달려 있으니 불쌍히 여기십시오. 흑흑!"

황호는 펑펑 울며 머리를 조아렸다. 이렇게까지 비통해하니 황제가 보는 앞에서 손을 쓸 수가 없었다. 강유는 분개하며 궁에서 나와 극정을 만났다. 이야기를 들은 극정이 걱정하며 말했다.

"그렇게까지 대놓고 하셔서 장군에게 곧 화

십상시(十常侍)는 후한의 어린 황제 영제가 즉위하자 권력을 휘두른 환관의 무리를 말하는 거야. 《삼국지》의 출발이 바로 이 십상시 때문이었지. 그리고 조고(趙高)는 진시황을 모시는 환관의 우두머리였어. 황제와 외부 세계 사이의 모든 연락을 맡고 있어 자연스럽게 권력을 틀어쥘 수 있었지.

가 닥칠 것 같소. 장군이 없으면 이 나라는 망할 텐데 어쩌면 좋겠소?"

강유가 예를 표한 뒤 말했다.

"선생께서 나라도 지키고 이 몸도 화를 면할 방법을 알려 주시오."

"내가 무슨 지혜가 있겠소이까?"

"아닙니다. 꼭 도와주십시오."

강유의 간곡한 청에 극정이 한 가지 방책을 알려 주었다.

"그렇다면 이렇게 하시오."

"가르침을 받겠소이다."

"농서에 가면 답중이라는 곳이 있소. 그곳 땅은 아주 비옥하오. 제갈 무후께서 하셨던 것처럼 그곳에 가서 둔전을 일으키시오."

"둔전이오? 군사들에게 농사를 짓게 하라는 말씀이오? 싸워야 할 군 사들이 농사나 짓고 있으면 되겠소이까?"

"둔전으로 얻은 곡식은 군량이 될 것이오. 또한 장군이 거기에 가 계 시면 일대의 고을들을 도모할 수 있고, 위군도 감히 한중을 넘볼 수 없 을 것이오. 게다가 장군이 외방에서 병권을 쥐고 있으니 누가 감히 장군 을 해하겠소이까? 물론 싸우는 것이 아니니 국가의 재정도 파탄날 일이 없소이다."

"아하!"

"그렇게만 된다면 나라도 지키고 몸도 보존하실 수 있을 것이오."

지금으로선 강유가 취할 최선의 선택이었다.

"너무나도 감사하오."

강유는 극정의 말대로 보고를 올려 후주의 허락을 받았다.

"윤허하겠소. 그렇게 하시오."

강유는 곧바로 한중으로 돌아가 부하 제장들에게 새로운 전략을 말해 주었다.

"나는 군사 팔만 명을 데리고 답중에 가서 농사를 지을 것이다. 그대들은 그동안 오랜 싸움에 지쳤을 것이니 골짜기를 지키고 있는 군사들을 거두어 한중을 지키도록 하라."

골짜기라는 것은 만일을 대비하여 제갈공명이 군사들을 배치해 놓았던 길목이다.[†]

"그러다 만에 하나 위군이 쳐들어오면 어찌하오리까?"

"위군은 먼 길을 온다. 그들이 지쳐 있을 때 기회를 보아 추격하면 물러날 수밖에 없다."

강유는 요충지를 부하들에게 지키게 한 뒤 팔만 명의 군사를 거느리고 답중으로 떠났다. 농사를 지으며 오래도록 버티면서 상황이 변하는 것을 보고 기회를 잡으려는 원대한 계략이었다.[†]

한편 등애는 강유가 답중에서 둔전을 한다는 소식을 듣자 정탐꾼을 보내 그곳의 상세한 지도를 그려 오게 했다. 그리고 그 지도와 표문을 낙양으로 보냈다. 사마소는 그것을 보자

여기서 잠깐!!

이때 군사들이 침투하는 길은 골짜기와 잔도 두 가지였어. 잔도는 낭떠러지에 나무를 박아 길을 낸 거야. 잔도가 불에 타서 없어지면 골짜기를 통해 적들이 올 수 있지. 물론 길이 없는 곳이기에 험하기 이를 데 없지만 과거 제갈공명은 만일을 대비해 군사들을 항상 골짜기에 주둔시켰지. 그런데 강유는 그 군사들을 물러나게 하여 농사를 짓고 한중을 지키라는 명령을 내린 거야.

⌇

여기에서 중요한 건 강유가 답중으로 물러난 이유야. 그는 지리적으로 답중이 물이 풍부해 농사짓기에 좋은 곳임을 알고 있었어. 그리고 이 지역이 전략적으로 중요해서 지키려 했지. 게다가 장안에서 멀리 떨어진 지역이라 적의 주력 부대와 맞서 싸울 일도 없었지. 강유는 인근 지역인 익현 출신이어서 이 지역의 지리에 익숙하고 지역민들과도 소통할 수 있었기 때문에 이런 일이 가능했던 거야.

화를 냈다.

"강유는 정말 골칫거리구나. 여기에서 농사를 지으며 오래도록 버티 겠다는 것이 아니냐."

가충이 말했다.

"강유는 공명의 병법을 물려받아 만만치 않습니다. 용맹한 장수를 하나 보내어 강유를 죽인다면 많은 군사를 움직이지 않아도 될 것입니다."

그러자 순욱이 나서서 말했다.

"그렇지 않습니다. 강유가 둔전†을 일으킨 것은 화를 면하면서 멀리 내다보고 우리 위를 도모하려는 것입니다. 차라리 대장을 시켜 바로 공 격하면 이길 수 있습니다."

"하하하!"

사마소가 기분 좋게 웃었다. 순욱의 말이 옳다고 여긴 것이다.

"누굴 보내면 좋겠는가?"

사마소가 묻자 순욱이 기다렸다는 듯이 대답했다.

"등애는 천하의 명장입니다. 종회와 함께 보내면 아마 뜻을 이룰 것 입니다."

곧바로 종회를 부르자 종회는 미리 준비해 온 지도를 펼쳐 보였다. 지도에는 군량과 마초를 저장할 곳, 영채 세울 곳 등등이 자세히 기록되 어 있었다. 사마소가 흡족해하며 말했다.

"참으로 훌륭하오. 경은 등애와 함께 촉을 공격하는 것이 어떻겠소?"

"촉은 땅이 넓고 길도 많습니다. 한쪽 길로만 쳐들어가선 안 됩니다. 저와 등애가 군사를 나누어 각각 진격하면 분산되어 막기 힘들 것입니다."

그러자 다른 신하들이 반대했다.

"그동안 강유가 여러 차례 중원을 침범해 왔을 때 우리는 촉군을 막기에도 버거웠습니다. 이렇게 막는 것도 힘든데 선제공격을 한다는 것은 화를 자초하는 일입니다."

사마소가 버럭 화를 내며 소리쳤다.

"나의 의로운 군사들로 우리를 괴롭히던 자들을 치려 하니 아무도 나서지 마라."

사마소는 선공을 통해 근원부터 제거하려는 생각이었다.

"나는 서촉을 먼저 치고 그 뒤에 동오를 손에 넣으려 한다. 서촉의 군사라는 것은 오합지졸이고, 그 수도 많지 않다. 등애가 강유를 공격해 답중에 묶어 놓으면 종회는 곧바로 진격하여 한중을 공격한다. 촉주 유선은 어리석으니 백성들이 겁을 먹고 떨면 반드시 망하게 되어 있다."

진서장군의 인수를 받은 종회는 경원4년 (263) 7월에 대군을 거느리고 출발했다. 제갈공명이 죽은 지 30여 년 만에 촉의 운명은 바람 앞에 등불이 되고 말았다.

종회가 떠난 뒤 소제가 사마소에게 은밀하

둔전(屯田)은 농사도 짓고 전쟁도 수행한다는 뜻에서 시작된 거야. 군량이 없으면 군사력을 유지하기 어려우니 변경 지대 인근의 황무지를 개간해서 농사를 지으면 군량을 현지에서 조달할 수 있게 되지. 그럼 군량을 옮기기도 편리하고 유사 시엔 농사를 짓던 병사가 바로 전투를 하는 병사가 되어 적과 싸울 수 있지.

게 속삭였다.

"주공께서 종회에게 십만 대군을 주셨는데 제가 보기에 종회는 뜻이 높은 자입니다. 군사력을 이용하여 대권을 차지할 수도 있습니다."

"나도 이미 알고 있다."

"그런데 어찌하여 위험을 감수하십니까?"

"조정의 신하들은 촉을 칠 수 없다고 했다. 겁을 먹었기 때문이다. 이럴 때 억지로 가서 싸우라고 하면 반드시 진다. 종회를 보낸 이유는 그 자는 겁을 먹지 않았기 때문이다. 게다가 그가 이겨서 촉을 차지한다 해도 같이 간 군사들은 고향을 떠나온 자들이다. 집으로 돌아오고 싶어 하는 그들이 남의 땅에서 반역할 리가 없으니 걱정하지 않아도 된다. 어쨌든 이 이야기는 절대 발설하지 마라."

소제는 감복하여 엎드려 절했다.

한편 종회는 영채를 다 세우고 나서 장수들을 모아 놓고 말했다.

"이번에는 앞에서 길을 열어야 할 선봉이 반드시 필요하다. 역사에 길이 남을 이 싸움에서 누가 선봉에 설 것이냐?"

그러자 허저의 아들인 허의가 나섰다.

"제가 서겠습니다."

허의 역시 아버지 못지않게 무공이 출중한 장수였다. 종회는 기뻐하며 그에게 기회를 주었다.

"군사를 세 길로 나누어 한중으로 쳐들어가라. 중군은 야곡으로, 좌군은 낙곡으로, 우군은 자오곡으로 나간다."

"다 험한 길입니다. 대군이 통과하려면 시간이 걸리고 힘들 것입니다."

"알고 있다. 군사들이 움직이는데 길이 없으면 길을 만드는 법이다. 땅을 메워 길을 닦고 다리를 놓고 산을 뚫고 바위를 깨뜨려서라도 막힘없이 진군하라. 어길 시에는 군법으로 다스린다."

죽을 각오를 하고 안 되면 되게 하라는 의미였다.

"명을 받들겠습니다."

허의는 군사를 이끌고 출발했다.

그 무렵 등애는 촉을 정벌하라는 조서를 받고는 불길한 꿈을 꾸었다. 《주역》에 밝은 자에게 그 꿈의 뜻을 물어보니 이렇게 말했다.

"장군은 촉을 정벌하실 수 있을 것입니다. 하지만 돌아오시기는 힘들 듯합니다."

우울해하던 등애는 협공하자는 종회의 서신을 받고 옹주 자사인 제갈서를 보내 먼저 강유의 귀로를 끊도록 했다. 그리고 답중을 포위하여 좌우와 뒤쪽에서 공격하도록 명령을 내렸다.

위군이 출발하자 이 소식은 이내 정탐꾼들에 의해 강유에게 보고되었다. 그동안 수비에 치중하던 위의 반격이었다.

"이제 싸울 수밖에 없구나."

강유가 후주에게 표문을 올리자 주지육림에 빠져 있던 후주는 깜짝 놀랐다. 위군이 쳐들어온다는 소식을 실로 오랜만에 들었기 때문이다. 환관 황호를 불러 의논했지만, 어리석은 황호는 이렇게 말했다.

"강유가 또 공을 세우고 싶은 모양입니다. 마음을 편히 지니십시오."

"불안한데 어찌 마음 편히 지낸단 말이냐?"

"제가 무당을 불러오겠습니다. 그자는 길흉을 모두 맞힌다 합니다."

결국 무당까지 궁 안으로 들어왔다. 무당이 굿을 하다가 갑자기 머리를 풀어헤치고 이리저리 뛰더니 신이 내린 목소리로 외쳤다.

"나는 서천의 토신(土神)이오. 몇 년 뒤에는 천하의 강토가 다 폐하의 것이니 아무 걱정 마시옵소서."

무당이 말을 마치고 혼절하자 후주는 기뻐하며 상을 내려 돌려보냈다. 무당의 말을 깊이 믿은 것이다. 어리석게도 듣고 싶은 말, 믿고 싶은 말만 들으려 한 것이다.

"크게 걱정할 일이 아니구나."

후주는 강유의 표문을 묵살했다. 그리고 여전히 잔치를 벌이며 환락에 빠져 지냈다. 강유가 그 뒤로도 위급함을 알리는 표문을 올렸지만 후주는 나라가 위기에 처한 걸 알지 못했다. 황호가 표문을 감추고 보여주지 않았기 때문이다.

한편 종회의 대군은 한중으로 진격하며 신중하게 움직이고 있었다. 이때 길목인 남정관을 지키던 촉의 장수는 노손이었다. 그는 나무다리에 군사들을 매복해 놓았다. 그가 믿고 있는 신무기는 바로 십시연노†였다. 한 번에 화살 열 개를 쏘는 제갈공명의 발명품으로 무장하고 있으니 겁날 것이 없었다.

"남정관을 공격하라!"

촉군과 부딪쳐 본 적이 없는 허의가 명령을 내리자 위군이 밀물처럼 들이닥쳤다. 그러자 남정관에서는 십시연노를 쏘았다. 화살이 비 오듯 쏟아지자 위군은 크게 패했다.

허의가 돌아가 이를 보고하자 종회가 직접 나섰다. 하지만 병사들이 만든 다리를 건너려는 순간 다리 위에 쌓인 흙더미가 무너지며 말의 발이 다리 틈에 끼고 말았다. 이때를 놓치지 않고 노손이 달려들었다.

"위의 적장은 게 섰거라!"

말을 버리고 도망가는 종회를 노손이 창으로 찌르려는 순간이었다. 위군 쪽에서 날아온 화살을 맞고 노손은 말에서 굴러떨어졌다. 그 기세를 몰아 위군은 남정관을 함락시켰다.

종회는 허의를 장막으로 불렀다.

"내가 너에게 명령하지 않았더냐? 산을 만나면 길을 뚫고 물을 만나면 다리를 놓아 행군을 편하게 할 수 있게 하라 했는데 오늘 내가 부실한 다리를 건너다 죽을 뻔했다. 너는 군령을 어겼으니 군법으로 목을 베겠다."

여러 장수들이 말렸지만 종회는 허의의 목을 베고 말았다. 이를 본 장수들은 모두 두려움에 떨었다.

촉군은 위군의 어마어마한 위세에 출전도 못하고 성문을 닫아걸고 지키고만 있었다. 종회는 속전속결을 명령했다.

십시연노는 지금의 기관총처럼 화살을 연발로 쏘는 무기야. 쇠로 만든 열 개의 짧은 화살을 일렬로 장착해 강력한 시위의 힘으로 동시에 날렸을 가능성이 커. 자세한 설계도는 전해지지 않지만 화살 열 개를 한꺼번에 쏨으로써 전력을 열 배로 강화할 수 있게 만든, 당시로서는 신무기라고 할 수 있어.

"쉬지 말고 바로 들이쳐라!"

그때 양안관을 지키던 촉의 장수 부첨은 부장인 장서와 함께 어찌할지 의논했다. 부첨은 나가 싸우자 했지만 장서는 굳게 지키자 하여 둘의 의견이 갈렸다. 그사이에 이미 종회가 군사들을 이끌고 관 앞에 이르러 큰 소리로 외쳤다.

"나는 십만 대군을 이끌고 왔다. 목숨이 아깝거든 당장 항복하라. 안 그러면 관을 부수고 너희를 모두 죽여 버리겠다."

그 말을 들은 부첨은 장서에게 관을 맡긴 뒤 삼천 명의 군사를 이끌고 나가 공격했다. 종회는 재빨리 후퇴했다. 부첨은 기세를 몰아 추격하다가 위군이 다시 몰려오자 관으로 후퇴했다.

"문을 열어라!"

부첨이 황급히 돌아와 관문에 대고 외쳤다. 그러나 관 위에는 위의 깃발이 꽂혀 있는 것이 아닌가. 장서가 성루에서 고개를 내밀고 외쳤다.

"나는 이미 항복했다. 그대도 항복하라!"

"네 이놈! 은혜와 의리를 잊은 도적놈!"

욕설을 퍼부은 뒤 부첨은 말머리를 돌려 위군과 싸웠다. 그러나 중과부적이었다. 마침내 부첨은 하늘을 우러러 한숨을 쉬며 말했다.

"촉의 신하로 태어났으니 죽어도 촉의 귀신이 될 것이다."

부첨은 마지막 남은 군사들을 몰고 위군 진영으로 돌진해 들어가 싸웠지만 수없이 쏟아지는 위군의 창에 찔려 피투성이가 되었다. 부첨은 타고 있던 말에서 떨어지자 스스로 칼로 목을 찔러 자결하고 말았다. 후세 사람들은 부첨의 의로운 죽음을 칭송했다.

종회는 양안관을 점령하자 크게 기뻐했다. 관 안에는 군량과 마초가 잔뜩 쌓여 있었다. 위군은 양안성 안에 머물며 휴식을 취했다. 그런데 그날 밤 서남쪽에서 군사들의 함성이 들려왔다.

"이게 어찌된 일이냐? 모두 경계하라!"

쉬고 있던 군사들은 모두 경계 태세를 갖추었다. 그러나 아무런 움직임도 보이지 않았다. 다음 날에도 또 한밤중에 같은 일이 벌어졌다.

"어서 가서 어느 군사가 와 있는지 살펴보고 와라."

정탐꾼들이 돌아와서 말했다.

"십 리 밖까지 사람 한 명 없었습니다. 어찌된 일인지 모르겠습니다."

"안 되겠다. 서남쪽이 불안하다. 내가 직접 가 봐야겠다."

종회가 군사들을 이끌고 어느 산 앞에 이르자 갑자기 먹구름이 끼기 시작했다.

"이 산은 무슨 산이냐? 산에 웬 귀기가 흐르는가?"

종회가 묻자 옆에 있던 향도관이 대답했다.

"이 산은 정군산입니다. 예전에 하후연이 여기에서 죽었습니다."

"아, 그렇구나. 하후 장군의 원혼이 여기에 서려 있구나."

그때 갑자기 수천 명의 기병이 바람을 타고 추격해 왔다.

"적군이다. 후퇴하라!"

종회는 깜짝 놀라 군사들을 이끌고 정신없이 도망쳤다. 수많은 장수들이 말에서 떨어졌고 군사들이 뒹굴었다. 양안관에 황급히 들어가 살펴보니 군사들 중에 목숨을 잃은 자는 아무도 없었다. 넘어지고 다쳐서 가벼운 상처를 입었을 뿐이었다.

"이게 어찌된 일인가?"

"장군! 아무래도 정군산의 신령이 우리를 괴롭힌 것 같습니다."

"정군산의 산신에게 빌어야겠다. 정군산에 사당이 있느냐?"

종회가 묻자 항복한 촉의 장수 장서가 대답했다.

"제갈무후의 묘가 있을 뿐입니다."

종회는 깜짝 놀랐다.

"아, 그렇구나. 내 마땅히 가서 제를 올려야겠다. 제갈무후의 혼령이 나타난 것이로구나."

종회는 소와 양, 돼지를 잡아 제갈무후의 묘 앞에서 예를 갖추어 제를 올렸다. 그러자 비로소 광풍이 가라앉았다. 하늘이 맑게 개자 모두 기뻐했다.

종회는 그날 밤 꿈속에서 제갈무후를 만났다. 제갈무후는 종회에게 이렇게 말했다.

"오늘 아침 그대가 나에게 정성껏 예물을 바쳤으니 일러 줄 말이 있다. 한의 운수는 이미 다했다. 천명을 어길 수 없으니 서촉의 백성들 모두 난리에 핍박을 당할 것인데 참으로 가련하고 안타깝다. 그대에게 부탁이 있다. 촉의 경계에 들어가면 절대 백성들을 함부로 죽이지 마라."

"어김없이 따르겠습니다."

종회는 꿈에서 깨어 제갈무후의 뜻을 받들기로 했다.

"백성을 한 사람이라도 함부로 죽이거나 백성에게 피해를 주는 자는 목을 벨 것이다."

종회가 위군을 이끌고 한중으로 들어가자 백성들이 절을 하며 영접했다. 종회는 백성들을 위무하고 추호도 범하지 않았다. 물론 여기에는 종회가 촉을 기반으로 대권을 잡아 보려는 큰 뜻도 담겨 있었다.

한편 답중에 있던 강유는 요화와 장익, 동궐에게 격문을 보내 군사를 일으키게 하고 자신도 군사들을 점검하고 있었다. 그때 갑자기 위군이 들이닥쳤다. 위군 대장 왕기가 달려 나오며 소리쳤다.

"우리는 이미 너희 수도인 성도에 이르렀다. 그런데 항복하지 않고 맞서다니 참으로 어리석구나."

그러자 강유가 군사를 이끌고 나와 맞섰다.

"거짓말하지 마라. 너희 같은 피라미가 무슨 수로 성도를 공략한단 말이냐."

강유가 창을 들고 말을 몰아 왕기에게 달려들었다. 왕기는 삼 합도 채 겨루지 못하고 달아났다. 강유가 그 뒤를 쫓아 한참을 달려가다가 마침내 등애와 마주쳤다.

"기다리던 강유가 드디어 왔구나."

"잘 만났다."

두 장수는 접전을 벌였다. 십여 합을 싸워도 승부가 나지 않았다. 지친 강유가 퇴각하려 할 때 후군에서 급작스러운 보고가 들어왔다.

"금성 태수 양흔이 이끄는 위군이 기습하여 감송에 있는 우리 영채를 모두 불태웠습니다."

강유는 깜짝 놀라 곳곳에 가짜 깃발을 꽂아 자신이 있는 것처럼 보이게 한 뒤 후군을 철수시켜 감송을 구하러 갔다. 그런데 산길에서 갑자기 나무와 돌이 빗발치듯 쏟아져 내려 길이 막히고 말았다. 할 수 없이 왔던 길을 되돌아가는데 위의 대군이 뒤쫓아와 강유를 포위했다. 강유는 수하의 기병들과 함께 혈로를 뚫고 겹겹의 포위망을 벗어나 대채로 피신했다.

그때 정탐꾼이 달려와 소식을 전했다.

"종회가 양안관을 격파했습니다. 한중은 이미 위의 수중에 떨어졌습니다."

"아, 그렇단 말이냐?"

강유는 황급히 영채를 거두었다. 그리고 군사들을 이끌고 강천으로 가는데 양흔과 위군이 길을 막아섰다.

"어딜 가는 게냐?"

양흔이 소리치자 강유가 달려 나가 싸웠다. 양흔은 싸움을 시작하자마자 패하여 도망쳐 버렸다. 강유는 한중을 탈환하러 돌아가려 했다. 하지만 옹주 자사 제갈서가 퇴로를 끊어 놓았다는 보고를 받고는 험한 산세에 의지하여 산 밑에 영채를 세우고 적들과 대치했다.

위군이 음평의 다리목에 주둔하자 강유는 움직일 수가 없었다.

"이제 나의 운명은 끝난 것 같다."

강유가 탄식하자 부장인 영수가 방법을 제시했다.

"장군, 위군이 음평의 다리목을 끊었다고 하지만 옹주에는 군사가 적을 것입니다. 장군께서 공함곡을 따라 나아가 옹주를 치십시오. 그러면 제갈서는 반드시 옹주를 구하러 갈 것입니다. 그때 군사를 끌고 검각으로 가서 그곳을 지키시면 한중을 되찾을 수 있을 것입니다."

그 말대로 강유가 공함곡으로 들어가 옹주를 공격하자 제갈서가 깜짝 놀라 군사들을 이끌고 달려왔다. 강유는 군사를 이끌고 가는 척하다

다시 돌아와 음평 다리목에 도착했다. 강유에게 속았다는 것을 알고 제갈서가 되돌아왔을 때는 이미 강유의 군사들이 영채를 불태우고 지나간 지 한참 지난 뒤였다.

강유가 다리목을 지나 곧바로 전진하고 있을 때 좌장군 장익과 우장군 요화가 군사들을 몰고 달려왔다. 강유가 상황을 묻자 장익이 대답했다.

"황호가 무당을 끌어들였다 합니다. 폐하께서 무당의 말을 믿고 군사들을 움직이지 않으십니다. 양안관은 이미 함락된 뒤라 장군을 도우러 이곳으로 오게 되었습니다."

세 장수가 결사대를 조직하여 백수관에 이르렀을 때 요화가 말했다.

"군량 보급로도 막혔고 사방에 적들이 있으니 검각으로 물러가 다시 좋은 방도를 세우시지요."

강유는 망설였지만, 종회가 쳐들어온다는 소식을 듣자 마침내 검각으로 후퇴했다. 검각에 도착해 보니 한 무리의 군사들이 관을 막고 있었다. 그들은 보국대장군 동궐의 군사들이었다. 이만 명의 군사를 이끌고 검각에 와 있다가 혹시 위군이 오는가 하여 나왔는데 강유의 군사였기에 반갑게 맞아 주었다. 강유가 동궐에게 말했다.

"검각을 잘 지키며 적을 물리칠 계책을 생각해 봅시다. 내가 살아 있는 한 우리 촉을 위군이 함부로 삼킬 수 없게 하겠소."

"장군, 이곳은 지킬 수 있다 해도 성도에는 나라를 걱정하는 인물이 없지 않습니까? 적군이 성도로 쳐들어가면 어찌하겠습니까?"

"성도는 산세가 험하오. 위군도 쉽게 얻을 수 없을 거요."

한편 종회는 검각에서 이십 리 떨어진 곳에 영채를 세웠다. 제갈서가 찾아와 음평 다리목을 지키지 못했다며 엄벌을 청하자 목을 베려 했다. 주변의 장수들이 모두 나서서 제갈서는 등애의 총애를 받는 장수라며 말린 덕분에 제갈서는 목숨을 구했다. 결국 종회는 제갈서를 죄인을 호송하는 수레에 태워 낙양으로 보내고 그의 군사들을 거두었다. 이때 벌써 등애와 종회는 서로를 경쟁자로 여기고 있었다.

등애는 이 소식을 듣자 버럭 화를 냈다.

"비록 나와 종회는 직위는 같지만 나는 오랫동안 변방에서 공을 세웠거늘 어찌 종회 따위가 그처럼 오만하게 군단 말이냐?"

아들인 등충이 신중하게 말했다.

"아버님, 참으십시오. 종회와 의를 상하시면 큰일입니다. 참고 또 참으셔야 합니다."

등애는 십여 명의 군사를 거느리고 종회를 찾아갔다. 종회는 장막 안팎에 수백 명의 군사를 세워 놓은 뒤 등애를 맞이했다. 등애가 말했다.

"장군이 한중을 얻었으니 이는 큰 공이 아닐 수 없소. 이제 검각을 차지할 계책을 세워야 하오."

"장군은 어떤 고견을 갖고 계십니까?"

종회가 묻자 등애가 대답했다.

"내 생각에는 군사들을 이끌고 음평 샛길로 해서 한중의 덕양정으로 빠져나가면 곧바로 성도를 기습할 수 있을 것 같소. 성도가 위험해지면 강유가 구하러 갈 테니 그 틈에 장군이 검각을 취하면 될 것이오."

"절묘한 계책입니다. 즉시 군사를 거느리고 떠나시오."

종회는 등애와 헤어진 뒤 본부 장막으로 돌아와 장수들에게 말했다.

"오늘 등애를 보니 한심한 자가 분명하구나."

"어찌하여 그렇습니까? 등애는 명장으로 소문이 나 있지 않습니까?"

"음평의 샛길로 간다고 하는데 그곳이 어떤 곳이냐?"

"고산준령입니다."

"맞다. 촉군 백 명만 있어도 길목을 지키다가 퇴로를 끊어 버리면 등애의 군사들은 모두 굶어죽을 것이다. 나는 큰길로만 나아갈 것이다. 군사들을 아껴야 한다. 그래도 충분히 촉을 격파할 수 있다."

종회는 검각의 관문을 본격적으로 공격하기 시작했다.

한편 등애도 종회의 영채에서 나와 주변 장수들과 이야기를 나누었다.

"종회의 태도가 어떠하더냐?"

"장군에게 굉장히 오만한 마음을 갖고 있으면서 말로만 칭찬하는 듯했습니다."

"저자는 내가 성도를 얻지 못할 것이라고 생각하지만 내 반드시 성도를 점령하고야 말겠다."

그날 밤 등애는 영채를 모두 거두고 음평의 샛길로 진군하여 검각에서 칠백 리 떨어진 곳에 영채를 세웠다. 이 사실은 종회에게 보고되었다.

"등애가 군사를 이끌고 성도를 취하러 떠났습니다."

"하하하! 어리석은 자로구나."

종회는 등애를 비웃었다.

이때 등애는 사마소에게 사자를 보낸 뒤 장수들을 불러 놓고 말했다.

"나는 적의 빈틈을 타서 성도를 취하려 한다. 그대들은 나와 함께 공명을 세우겠느냐?"

"장군의 뜻을 끝까지 따르겠습니다."

장수들이 입을 모아 소리쳤다. 등애는 먼저 아들 등충에게 명령했다.

"지금부터 우리는 군사가 아니라 길을 뚫는 노역자들이다. 도끼와 정 같은 도구를 준비하여라. 산을 뚫고 길을 내며 다리를 놓아야 한다. 그렇게 해야 후속 부대가 쉽게 갈 수 있다."

등충은 오천 명의 군사를 이끌고 떠났다. 등애는 삼만 명의 군사를 선발하여 양식과 함께 밧줄을 지니게 하고 출발했다. 그는 중간중간에 영채를 세워 군사를 남기며 전진했다. 이십여 일간 칠백 리를 행군했는데 대체로 사람 하나 없는 무인지경이었다. 백 리마다 군사를 남겼기 때문에 이제 등애 곁에 남은 군사는 이천 명뿐이었다. 험준한 길을 가는데 앞서 떠난 등충의 군사들이 울고 있었다.

"어찌하여 너희들은 이러고 있느냐?"

"깎아지른 절벽이 앞을 가로막고 있습니다. 길을 뚫을 수가 없습니다. 그럼 지금까지 고생한 것이 헛수고가 되는 게 아닙니까? 그래서 슬퍼 울고 있습니다. 으흐흑!"

등애는 군사들을 불러 모았다.

"호랑이 굴에 들어가지 않으면 호랑이 새끼를 얻을 수 없다. 여기까지 왔으니 조금만 더 힘을 내라. 성도를 반드시 취하여 부귀영화를 얻도록 하자."

"어찌하자는 말씀이십니까?"

"무기를 모두 절벽 아래로 던져라. 우리는 절벽을 내려갈 것이다."

등애는 다치지 않도록 털가죽 옷을 입은 뒤 절벽을 굴러 내려갔다.

털가죽 옷이 없는 자들은 밧줄을 허리에 매고 나뭇가지를 붙들거나 매달리며 절벽을 내려갔다. 등충과 등애의 군사들은 너무 높아 하늘에 닿을 정도라는 마천령을 이렇게 넘은 것이다.

절벽 위에서 던진 무기를 챙기고 갑옷을 입은 뒤 길을 떠나려는데 비석이 하나 눈에 띄었다. 비석에는 이런 글귀가 새겨져 있었다.

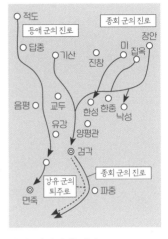

등애, 종회의 촉 평정

불길 두 개가 처음 일어나매

이곳을 넘어올 사람이 있으리라

장군 둘이 공을 다투다

오래지 않아 죽게 되리라

제갈공명이 쓴 글이었다. 깜짝 놀란 등애가 비석에 두 번 절했다.

"아, 제갈무후는 진정 신인이시구나. 이런 분을 스승으로 모시지 못해 참으로 안타깝다."

등애가 이렇게 계곡을 넘어올 것을 제갈공명은 예견한 것이다.

8
촉의 멸망

등애는 파죽지세로 진격해 나아갔다. 그는 가슴이 설레었다. 촉을 차지할 수 있는 기회가 온 것이다. 음평을 지나 계속 진군해 가는데 저만치 앞쪽에 영채가 보이자 등애는 당황했다.

"적들이 우리를 기다리고 있었구나. 큰일이다. 몰래 가서 살펴보아라."

정탐을 나갔던 군사들이 돌아와 보고했다.

"빈 영채입니다."

"어찌하여 빈 영채가 이곳에 있단 말이냐?"

"제갈무후가 살아 있을 때 만든 영채라 합니다."[†]

"그게 말이 되는가?"

"늘 만일을 대비해 천 명의 군사를 이곳에 주둔시켰는데 지금은 촉주 유선이 군사들을 빼는 바람에 비었습니다."

둔전을 만든다고 강유가 군사를 빼낸 것이 이런 결과를 빚고 말았다.

"아, 우리에게는 돌아갈 길이 없는데, 이곳에 촉군이 있었다면 우리는 전멸할 뻔했구나. 천만다행이다. 모두 힘을 합쳐 진격하라."

등애는 이천 명의 특공대를 이끌고 강유성을 향해 진군했다.

이때 강유성을 수비하는 장수는 마막이었다. 그는 큰길만 지키면 될 줄 알고 더 이상 방비에 힘쓰지 않았다. 오히려 아내인 이씨가 마막의 처신을 걱정했다.

"장군은 어찌하여 무사태평하십니까?"

"내가 걱정할 것이 뭐가 있소? 대장군인 강유가 다 할 텐데."

"그렇다 해도 장군은 이 성을 지키는 막중한 임무를 맡고 있지 않습니까?"

마막이 절망스러운 표정으로 대답했다.

"황제는 황호의 말만 듣고 주색에 빠져 있

촉한은 제갈공명이 기존의 정치적 폐해를 다 청산했을 뿐 아니라 토호들을 제압하고 백성들이 농사에 전념할 수 있게 해놓았어. 그 덕분에 경제가 활성화되었고, 한중의 둔전 등으로 군량 문제를 대부분 해결하여 백성의 부담이 줄어들었지. 그뿐만 아니라 소금과 철을 관리했고, 비단 등의 직물 산업이 발달해 멀리 서역으로 이것들을 수출하기까지 했어. 이는 나라의 살림을 살찌우는 국가 기간산업이 되었지.

고 머지않아 화가 닥칠 터인데 내가 왜 기울어 가는 나라에 목숨을 바쳐야 한단 말이오? 위군이 쳐들어오면 항복하는 것이 상책이오. 이런 나라에 희망은 없소."

그러자 아내는 크게 화를 냈다.

"내가 평생을 당신 같은 졸장부를 믿고 살았다는 것이 한심할 따름입니다. 남자가 되어 충성심도 없이 헛되이 나라의 녹을 먹었단 말씀이십니까?"

그때 정탐병이 급하게 달려와 소식을 알렸다.

"어디서 나타났는지 등애가 이천 명의 군사를 이끌고 성으로 진격해 오고 있습니다."

마막은 당황했지만 올 것이 왔다고 생각했다. 그는 서둘러 달려 나가 등애에게 항복했다.

"장군에게 항복합니다. 성안의 백성과 군마들을 모두 바치겠습니다."

그리하여 등애는 피 한 방울 흘리지 않고 강유성을 접수했다. 그는 흡족한 표정으로 말했다.

"그대가 향도관이 되어 길 안내를 해주기 바라오."

"충성을 다하겠습니다."

마막은 기회주의자로서 새로운 시대를 맞이하겠다는 마음이었다. 그러나 그는 아내인 이씨가 자신이 등애를 만나는 동안 목을 매어 자결했다는 사실을 알지 못했다. 마막은 뒤늦게 이 소식을 듣고 통곡했다.

등애가 물었다.

"어찌하여 장군은 통곡을 하는 것이오?"

"제 아내가 죽었다 합니다."

자초지종을 이야기하자 등애는 감동받아 고개를 끄덕였다.

"참으로 의로운 부인이오. 성대히 장례를 치르도록 하시오."

등애도 이씨 부인의 장례에 직접 참석하여 예를 갖추었다. 사람들은 이를 칭찬해 마지않았다.

"적이지만 등애 장군은 예의 바른 사람이군."

"차라리 위가 우리를 다스리는 게 나을지도 몰라."

그러나 이것은 백성들의 마음을 사려는 행동이었다.

"자, 이제 우리의 최종 목적지가 더욱 가까워졌다."

등애는 파죽지세로 계속 진격해 부성을 공격하기로 했다.

"장군, 너무 급하게 달려왔습니다."

부하 장수가 군사들이 지쳤으니 잠시 쉬었다 공격하는 게 어떻겠냐고 하자 등애는 소리를 질렀다.

"군사는 빨리 움직이는 것이 생명이다!"

등애는 곧바로 군사들을 몰아 부성을 공격했다. 상상도 못하고 있다가 기습당한 촉의 군사들은 변변히 싸워 보지도 못하고 항복했다. 이 소식은 곧 성도로 전해졌다.

"등애가 이끄는 위군이 난관을 다 돌파하고 쳐들어온다고 합니다."

이 말을 듣자 후주는 급히 황호를 불러 어찌하면 좋을지 물었다. 그러나 환관인 황호에게 나라를 지킬 책략이 있을 리 없었다. 황호는 당황해서 빠져나갈 궁리만 했다.

"위군이 쳐들어온다는 건 거짓 보고입니다. 무당이 아무 문제도 없을 것이라고 하지 않았습니까?"

"그 무당을 당장 불러라! 확인해 봐야겠다."

이제 와서 무당을 부른들 무슨 소용이 있겠는가. 게다가 그 무당도 사라진 지 오래였다. 그는 위에서 보낸 가짜 무당이었던 것이다.

급박한 사태를 알리는 표문이 계속해서 날아왔다.

"등애가 더 가까이 왔습니다."

대책을 논의했으나 신하들은 서로 얼굴만 바라볼 뿐이었다. 보다 못해 극정이 의견을 냈다.

"우리가 믿을 것은 제갈무후의 집안뿐입니다. 그의 아들을 불러서 의논하십시오."

제갈무후에게는 아들인 제갈첨이 있었다. 이때 제갈첨은 아버지의 작위인 무후를 물려받았지만 황호가 황제를 끼고 날뛰는 바람에 그 꼴이 보기 싫어 병을 핑계 대고 바깥출입을 삼가고 있었다.

"나라가 어지럽습니다. 부디 나와서 지혜를 주시오."

후주 유선이 칙사를 한번 보냈지만 제갈첨은 거절했다.

"저는 이미 초야에 묻혀 지낸 지 오래입니다."

그러자 황제는 다시 칙사를 보냈다. 그러나 두 번째도 거절하고 세 번째 칙사를 보내자 비로소 제갈첨이 궁으로 들어왔다. 후주는 제갈첨을 보자 눈물을 흘렸다. 아버지를 닮은 용모를 보니 죽은 제갈공명이 살아온 것만 같았다.

"이곳 성도가 위험하오. 선군을 생각해서라도 나를 도와주시오."

제갈첨도 통곡했다.

"으흐흑! 선제께서 저희 부자에게 은혜를 베풀어 주셨습니다. 죽어서도 은혜를 보답할 수 없습니다. 군사를 모아 주시면 적들과 싸워 결판을 내도록 하겠습니다."

후주는 곧바로 성도에 있는 칠만 명의 군사를 내주었다. 제갈첨은 장수들을 모아 결전을 준비했다. 선봉에 설 자를 물으니 어린 장수가 나섰다. 바로 제갈첨의 맏아들인 제갈상으로 나이는 열아홉 살이었다.

"아버님이 총지휘권을 맡으셨으니 제가 선봉에 서겠습니다."

제갈상은 이미 병법을 두루 익혔고 무예에도 통달해 있었다. 능히 소년 장수라 할 만했다.

"오, 네가 나서 준다면 우리는 걱정이 없다."

그렇게 해서 제갈상이 지휘하는 촉군은 성도를 떠나 위군과 최후의 일전을 벌이러 갔다.

한편 등애는 마막이 바친 지도를 보며 어떻게 성도를 공격할까 고민하고 있었다. 부성에서 성도로 가는 삼백 리 넘는 길은 온통 산천이 험악하고 지형이 험준했다. 마음은 급한데 갈 길이 멀었던 것이다.

등애는 사찬과 아들 등충을 불러 명령을 내렸다.

"너희는 면죽 땅으로 진군해 촉군을 막도록 해라."

사찬과 등충은 곧바로 군사들을 이끌고 진군하다가 면죽 부근에서 촉군과 맞닥뜨렸다. 촉군의 진은 팔진이었다. 북소리가 세 번 울리더니 진문이 열리고 사륜거가 나오는데 거기에 앉은 사람은 윤건을 쓰고 깃털 부채를 들고 있는 것이 제갈공명이 분명했다. 깃발에도 '한 승상 제갈무후'라고 쓰여 있었다.

"공명이 아직 살아 있었단 말이냐?"

"그럴 리가 없는데."

"우리는 이제 죽었구나."

위의 군사들은 크게 놀랐다. 서둘러 후퇴하는 것을 촉군이 와서 마구 짓밟았다. 위군은 크게 패하여 허둥지둥 도망쳤다.

"당황하지 마라. 내가 왔다."

이때 뒤따라온 등애가 막아 주지 않았더라면 더욱더 큰 패배를 당할 뻔했다. 등애는 군사들을 수습한 뒤 사찬과 등충을 불렀다.

"너희들은 어찌하여 변변히 싸우지도 못하고 촉군에게 쫓겨 왔느냐?"

"제갈공명이 살아 있습니다. 두 눈으로 똑똑히 보았습니다."

"그게 무슨 말이냐?"

"제갈공명이 촉군을 지휘하고 있었습니다. 그래서 급히 돌아선 것입니다."

등애는 화가 머리끝까지 치밀었다.

"아무리 제갈공명이 다시 살아 왔더라도 어찌하여 군령을 어긴 것이냐? 너희들의 목을 베겠다."

주변에서 등애를 말려 사찬과 등충은 간신히 목숨을 건졌다. 이처럼 제갈공명의 이름과 업적은 시간이 지나도 사라지지 않았다.

정탐꾼들이 자초지종을 알아본 결과, 사륜거에 앉은 것은 제갈공명의 목상이며 그의 아들 제갈첨이 촉군의 총지휘관이라는 사실이 밝혀졌다.

등애는 사찬과 등충에게 엄명을 내렸다.

"이번 정벌에서 성공이냐 실패냐는 이번 싸움에 달렸다. 너희들은 죽을 각오로 촉군을 물리쳐라!"

마침내 대결전이 벌어졌다. 제갈상이 창을 휘두르며 싸워 사찬과 등충을 물리쳤다. 이때 제갈첨은 양옆으로 군사를 돌려 위의 진영으로 쳐들어갔다. 위군은 크게 패배했다. 사찬과 등충은 상처를 입고 도망쳤고, 제갈첨은 이십 리나 위군을 쫓아와 영채를 세웠다.

"이렇게 질질 끌다간 승산이 없다. 우리는 군사도 적고 지쳐 있다."

등애는 속히 촉군을 격파하기로 결심했다. 그리고 제갈첨을 유인하기 위해 제갈첨이 항복하면 낭야왕으로 삼겠다는 서신을 보냈다. 서신을 받아 본 제갈첨은 화를 내며 서신을 불태워 버렸다.

등애는 복병을 숨겨 놓고 출전하여 제갈첨에게 싸움을 걸었다. 제갈첨이 추격해 오자 등애는 패한 척하며 도망을 쳤다. 제갈첨은 군사들을 휘몰아 그의 뒤를 쫓았다. 그때 갑자기 양쪽에서 숨어 있던 복병들이 쏟아져 나와 마구 짓밟으니 촉군은 대패하여 면죽으로 도망쳤다.

급기야 면죽성은 위군에게 겹겹이 포위되었다. 면죽이 떨어진다면 성도는 바로 코앞이었다. 제갈첨은 급히 구원을 요청하는 편지를 써서 팽화에게 주었다.

"동오에 가서 이때 빨리 위를 치라고 하라."

팽화는 동오의 손휴를 찾아가 제갈첨의 서신을 바쳤다.

구해 주십시오. 지금 서촉이 위태로운 지경입니다. 순망치한(脣亡齒寒 입술이 없으면 이가 시리다는 뜻으로 서로 의지하고 있어 한쪽이 사라지면 다른 쪽도 안전을 확보하기 어려운 손휴는 시급히 대책을 논의했다.

"촉이 위기에 처했다. 다음은 우리 차례다. 보고만 있을 수가 없다. 원병을 보내자."

동오의 원병 오만 명이 촉을 구하러 떠났다. 주장인 정봉(丁奉)은 부장 정봉(丁封)과 손이에게 군사 이만 명을 이끌고 면죽으로 진군하게 했다. 그리고 자신은 삼만 명의 군사를 거느리고 수춘으로 출발했다.

한편 제갈첨은 원군이 빨리 오지 않자 공격이 최선의 방어라는 생각으로 성문을 열고 무서운 기세로 쳐들어갔다. 촉군의 기세등등한 공격에 등애는 짐짓 물러났다가 돌아서서 촉군을 포위했다.

"서촉 땅에서 적군을 몰아내자."

제갈첨은 군사들을 독려하며 닥치는 대로 적군을 무찔렀지만 위군이 포위한 채 일제히 화살을 쏘자 당할 방법이 없었다. 군사들이 화살을 맞아 자꾸 쓰러졌고, 제갈첨도 화살에 맞아 말에서 떨어지고 말았다.

"치욕스럽게 적들에게 잡히느니 죽고 말겠다."

제갈첨은 칼을 들어 스스로 자결했다.

성을 지키던 제갈상은 눈앞에서 아버지가 죽는 모습을 보고는 분노가 치밀었다.

"내 이 원수들을……."

제갈상이 말을 타고 나가려 하자 주변에서 말렸다.

"아니 되오. 참으시오!"

제갈상은 탄식했다.

"우리 제갈 집안 조손 삼대가 나라의 큰 은혜를 입었소. 아버님께서 적과 싸우다 돌아가셨는데 내가 살아서 무엇하리오!"

제갈상은 말을 타고 달려 나가 적진에서 싸우다 죽었다.

후세 사람들은 제갈량의 아름다운 자손들이 무후를 계승할 만하다고 칭송했다.

등애는 민심을 달래기 위해 그들을 합장해 주었다. 그리고 빈틈을 노려 면죽성을 맹공격하니 성을 지키던 장수들은 모두 전사했다.

이제 남은 것은 성도였다. 과거 유장이 유비를 불러들여 화를 당한 것과 똑같은 일이 벌어지고 있었다. 그때와 다른 점이라면 촉의 장수들은 위의 공격에 대개 항복하지 않고 죽거나 자결했다는 것이다. 충의가 남아 있었던 것이다. 이는 모두 제갈공명이 오랫동안 충의를 바탕으로 한 정치를 편 영향이라 할 수 있다.

한편 성도에 있던 후주는 제갈첨 부자가 죽고 등애가 코앞까지 왔다고 하자 크게 놀라 관원들과 대책을 논의했다.

"위군이 곧 성 아래로 닥쳐온다고 하오. 어쩌면 좋을지 말해 보시오."

"남만으로 도망을 치고 다음 기회를 보시지요."

"지형이 험한 곳으로 수도를 옮겨 조정을 지키고, 남만의 군사를 빌려 수복하십시오."

여러 관원들이 꾀를 냈지만 광록대부인 초주가 나서서 만류했다.

"남만은 이미 배반한 지 오래입니다. 그동안 우리가 아무런 은혜도 베풀지 않았는데, 그곳으로 가시면 오히려 화를 입을 것입니다."

다른 관원이 말했다.

"우리와 동맹을 맺은 오나라로 가시는 게 어떻겠습니까?"

그러자 초주가 또다시 만류했다.

"폐하께서 오로 가시면 남의 나라에서 황제가 되실 수는 없으니 오의 신하로 칭하셔야 합니다. 그런데 오는 위와 싸워 이길 수 없습니다. 만일 오가 위에 패하여 망하면 폐하께서는 다시 위의 신하를 칭하셔야 하니 두 번 욕을 보시는 것입니다. 그럴 바에는 차라리 위에 한 번 항복하시는 것이 낫습니다. 위는 폐하에게 봉토를 나눠 줄 것입니다. 그것이야말로 종묘를 지키고 백성을 평안히 할 수 있는 길입니다."

비록 승리의 계책은 아니지만 패배에 대비한 계책으로는 지혜로운 판단이었다.

회의를 몇 번 열어 봐야 뾰족한 방법이 없었다. 결국 후주는 초주의 말을 좇아 항복하려 했다.

"이제 항복하는 길밖에 없다. 짐의 무능함이 여기에 이르렀구나."

그때 갑자기 병풍 뒤에서 한 사람이 나타나 초주를 꾸짖었다.

"네 이놈! 목숨이 아까운 썩은 놈아, 사직의 중대한 일을 어찌 네 마음대로 하느냐? 이 세상에 투항한 황제가 어디 있단 말이냐!"

낭랑한 목소리로 외치는데 고개를 돌려 보니 후주 유선의 다섯째 아들인 북지왕 유심이었다. 후주의 일곱 아들 가운데 유심이 가장 총명하고 영민했다. 나머지 아들들은 유약했지만 유심은 기개가 있었다.

후주가 유심에게 말했다.

"모두 항복해야 한다고 하는데 어찌하여 너 혼자 혈기와 용맹을 과시하느냐? 항복하지 않으면 이 성이 피로 물든단 말이다."

"과거에 선제께서 살아 계실 때는 초주 따위는 감히 국정에 참여하지도 못했는데 이제 망령되이 나서는 것이 아니옵니까? 성도에는 아직 수만 명의 군사가 있고 검각에는 강유의 군사가 있습니다. 그가 구원하러 올 것이 분명합니다. 그때 협공하면 승리할 수 있는데 어찌하여 위업의 터전을 버리고 항복한다 하십니까?"

"너처럼 어린 아이가 무엇을 안다는 것이냐!"

"힘이 부족하고 형세가 다했다면 마땅히 싸우다 죽어야지 어찌 항복을 하겠습니까? 선제께서 쉽게 위업을 이루신 것이 아니온데, 하루아침에 저버리지 마시옵소서. 차라리 죽을지언정 욕을 당할 순 없습니다."

듣고 있던 후주가 명령을 내렸다.

"여봐라, 저 아이를 궁 밖으로 내보내라!"

결국 유심은 쫓겨났다.

후주는 초주에게 항복 문서를 쓰게 했다. 그리고 이 문서와 옥새를 가지고 낙성으로 가서 항복의 뜻을 전하도록 했다.

등애는 성도성에 항복의 깃발이 오른 것을 보고 크게 기뻐했다.

"으하하! 내가 드디어 유비의 촉, 제갈무후의 촉을 무너뜨렸다."

초주 등 촉의 신하들이 항복 문서를 가져왔다고 하자 그들을 맞이했다. 항복 문서를 받은 등애는 매우 기뻐하며 옥새를 취한 뒤 촉의 신하들을 극진히 대접하고 회신을 써서 건네주며 말했다.

"가서 백성들에게 안심하라 전하시오."

촉의 신하들은 등애에게 사례한 뒤 돌아와 회신을 바쳤다. 후주는 등애가 잘 대해 줬다는 말을 듣자 안심하며 강유에게 어서 항복하라는 칙서를 보냈다. 촉은 모든 재산과 성과 식량을 바치고 12월 초하루에 후주이하 신하들이 모두 나가 항복하기로 결정했다.

이 소식을 들은 북지왕 유심은 분노가 하늘을 찌를 듯했다. 칼을 차고 나서자 부인인 최씨가 물었다.

"대왕은 어찌하여 안색이 그러십니까?"

"위군이 쳐들어오는데 부황께서 항복하기로 하셨소. 내일 나가서 항복한다고 하니 사직은 이미 기울고 말았소. 내가 먼저 죽어서 지하에 계신 선제를 뵈올 것이오. 결코 적에게 무릎 꿇지 않겠소."

최씨 부인은 고개를 끄덕였다.

"죽을 자리를 정하셨군요. 현명하십니다. 부디 저부터 죽이십시오."

"어찌하여 당신이 죽는단 말이오?"

"지아비가 죽는데 어찌 아내가 죽지 않겠습니까? 왕께서 황실을 위해 죽는다니 저는 지아비를 위해 죽겠습니다."

최씨 부인은 기둥에 머리를 부딪고 쓰러져 죽었다.

"나로 인해 당신이 이런 죽음을 맞았구려. 으흐흐흑!"

유심은 통곡하며 제 손으로 아들 셋을 죽인 뒤 유비를 모신 사당인 소열묘로 가서 엎드려 통곡했다.

"선황 폐하! 신은 위업의 터전을 넘기는 것이 너무나 부끄럽고 원통합니다. 할아버지께 사죄하오니 영혼이 있으시다면 이 손자의 충성스러운 마음을 굽어 살피옵소서. 목숨으로 사죄하려 하옵니다."

유심은 스스로 목을 찔러 그 자리에서 죽고 말았다.

이를 애통해하지 않는 사람이 없었다. 후주는 북지왕이 자결했다는 소식을 듣고 슬퍼하며 장례를 치러 주라 했다.

다음 날 위의 대군이 도착하자 후주는 신하 육십여 명과 함께 항복의 뜻으로 손을 묶고 수레에 관을 실은 채 십 리 밖으로 나가 항복했다. 등애가 달려와 후주를 부축하며 일으켰다.

"어서 일어나시오."

등애는 후주의 묶인 손을 풀어 주고 관을 실은 수레는 불태웠다. 죽일 의사가 없다는 뜻이었다.

성도의 백성들은 향과 꽃을 갖추고 등애를 맞이했다. 등애는 후주를 표기장군으로 삼았다. 모든 창고를 접수하고 군사와 백성들을 안정시키도록 했다. 낙양으로 사람을 보내 승전보를 알렸고 강유에게도 항복하라고 권했다. 환관인 황호의 목을 베려 했지만 황호는 등애의 측근들에게 뇌물을 바쳐 간신히 살아남았다.

이렇게 해서 촉한은 멸망하고 말았다.

얼마 후 강유는 항복을 권유하는 후주의 칙령을 받고 크게 놀랐다. 모든 장수들이 통곡하며 말했다.

"우리는 죽기를 각오하고 싸웠는데 어찌 먼저 항복한단 말입니까?"

분노가 끓어올라 모두 눈에서 피눈물이 날 지경이었다. 강유가 장수들을 위로했다.

"그대들은 너무 분통해하지 마라. 내게 계책이 있다."

강유는 계책을 일러 주었다. 거짓으로 항복하자는 계책이었다. 강유는 대치하고 있던 종회에게 항복하러 가겠다는 소식을 전했다.

"으하하! 이런 경사가 어디 있는가!"

종회는 기뻐하며 강유를 영접하여 장막으로 맞아들인 뒤 물었다.

"장군께서는 어찌 이리 늦게 항복하는 것이오?"

"촉의 모든 군사들이 내 휘하에 있는데 어찌 늦었다 하시오?"

"하긴 그 말이 맞소이다. 장군을 귀빈으로 모시겠소."

이윽고 두 사람은 연회 자리에서 만났다.

"강직하기로 유명한 장군이 어찌하여 나에게 항복하셨소?"

종회가 술이 거나하게 취하여 묻자 강유가 대답했다.

"만일 등애였다면 나는 죽기를 각오하고 싸웠을 것이오. 사마씨가 번성하게 된 것은 모두 종회 장군 덕분이 아니겠소이까? 종회 장군이기에 내가 항복한 것이오."

강유가 이간책을 편 것이다.

"아, 나를 알아주는 자는 그대뿐이오. 우리 의형제를 맺읍시다."

"나로서도 영광입니다."

그리하여 둘은 화살을 꺾으며 의형제를 맺었다.

"강유 장군의 군사들은 장군이 계속 통솔하시오."

강유는 예전처럼 군사를 거느리게 되자 속으로 기뻐했다.

한편 등애는 촉의 각 주와 군을 장수들에게 나눠 주었고 성대한 잔치를 열었다. 그리고 기고만장해서 촉의 관리들에게 말했다.

"나를 만났기에 그대들은 살았다. 다른 장군을 만났다면 모두 멸족당했을 것이다."

관리들은 모두 자리에서 일어나 절을 하며 감사의 인사를 올렸다. 이때쯤 강유가 종회에게 항복했다는 사실도 전해졌다.

"무엇이? 강유가 나에게 항복하지 않고 종회에게 항복했다고?"

"그렇습니다."

"종회가 나의 공을 가로챘구나."

등애와 종회의 관계는 확연히 금이 가고 말았다.

등애는 서둘러 사마소에게 자신의 마음을 드러내는 편지를 써서 보냈다.

신 등애가 간절히 말씀드립니다. 지금은 촉을 평정했으니 그 기세로 오를 쳐야 할 것입니다. 하지만 군사를 크게 일으켜 모두 지친 상태입니다. 소금을 굽고 쇠를 벼리며 준비를 하여야 할 것 같습니다. 사신을 보내 타이른다면 오는 항복할 것입니다. 게다가 유선을 후하게 대접하면 오의 황제도 안심하고 귀순할 것이니 유선을 촉에 두었다가 내년 겨울쯤 낙양으로 보낼까 합니다. 유선을 부풍왕에 봉하시어 재물을 내리시고 후하게 대접한다는 소문이 퍼지도록 하시는 것이 좋겠습니다. 그러면 오나라 사람들도 감화되어 소문만 듣고도 항복할 것이 분명합니다.

등애의 기고만장함이 하늘을 찌를 것 같았다. 점령군의 장수로서 감히 중앙 정부에 이래라 저래라 의견을 낸 것이다.

"이자가 정녕 반역을 꿈꾸는구나. 오만함이 하늘을 찌른다."

사마소는 서신을 읽고 의심하는 마음을 품었다. 그러나 일단은 등애의 벼슬을 올려 준다는 황제의 조서를 보냈다.

등애는 황제의 조서와 함께 사마소의 친서도 받았다. 등애의 제안을 황제에게 보고해야 하니 절대 함부로 행동하지 말라는 내용의 친서였다. 한마디로 신중하게 처신하라는 것이었지만 촉을 멸망시킨 등애는 눈에 뵈는 것이 없었다.

"장수가 외지로 나가면 임금의 명도 듣지 않는 법이다. 내가 황제의 명으로 정벌의 전권을 가지고 있는데 무엇이 두렵단 말인가!"

등애는 곧바로 답장을 써서 낙양으로 보냈다.

그 무렵 조정에선 등애가 반역할 것이라는 소문이 돌았고, 사마소는 등애를 더욱 의심하게 되었다. 그런데 등애의 답장이 도착해서 읽어 보니 그 내용 또한 차마 눈 뜨고 볼 수가 없는 것이었다.

신 등애는 서촉을 정벌하여 벌써 항복을 받아 냈습니다. 형편에 따라 일을 처리하는 것이 장수의 본분입니다. 장수가 나라 경계 밖에 있을 때는 조정을 편안히 하고 나라를 이롭게 하기 위해 뜻대로 행할 수 있다고 했습니다. 지금 오는 항복하지 않고 촉과 연합하고 있습니다. 보고를 올리고 명령을 받는다면 시기를 놓칠 것이 분명합니다. 제가 과거 사람들과 같은 절개는 없지만 나라에 해를 끼치지는 않을 것입니다. 먼저 상황을 아뢰오니 시행하도록 허락해 주십시오.

사마소는 부하들과 의논했다.

"등애가 교만해졌구나."

"그렇습니다. 멋대로 하려 합니다. 반역입니다."

"어찌하면 좋겠느냐?"

"종회에게 벼슬을 내려 종회와 등애가 서로 견제하도록 하시지요."

"좋은 생각이다."

사마소는 종회에게 조서를 보냈다.

진서장군 종회는 감히 맞설 자가 없고 강한 적이 없는 위대한 장군이다. 종회를 사도로 삼고 벼슬을 높여 현후에 봉하며 식읍 일만 호를 더한다.

종회는 즉시 강유를 불러 의논했다.

"이것은 사마공이 등애가 반역할 것을 의심하여 나에게 등애를 감시하고 견제하라는 뜻이 아니겠소?"

"맞습니다. 등애는 출신이 미천한 자라 들었습니다. 이번에 요행히 음평의 샛길로 진군하여 밧줄을 타고 절벽을 내려가 큰 공을 세웠지만, 이것은 그의 공이 아니라 나라의 복이라 할 수 있습니다. 장군이 나를 견제하지 않았더라면 내가 어찌 등애 따위가 공을 세우도록 놔뒀겠소이까? 진공(사마소)이 의심하는 것은 당연한 일입니다."

"그 말이 맞소."

종회는 좌우 사람들을 모두 내보내고 은밀히 말했다.

"부디 나에게 계책을 주시오."

강유가 소매에서 지도 한 장을 꺼내 보여 주었다.

"예전에 제갈무후께서 촉의 선제께 이 지도를 바치며 서촉 땅은 비옥하고 백성이 넉넉하며 나라가 부강하다 했습니다. 이곳을 차지하면 패업을 이룬다 하여 선제께서 성도에서 창업하셨지요. 이제 등애가 이곳을 얻었으니 자연히 그런 마음이 들지 않겠습니까?"

"오, 이 지도가 바로 그 지도란 말이오?"

종회는 기뻐했다. 이 지도만 있으면 자신에게도 큰 뜻을 이룰 기회가 온다고 생각한 것이다.

"어떻게 하면 등애를 견제하고 그 자리를 차지할 수 있겠소?"

"등애가 반역했다고 표문을 올리십시오. 그러면 진압하라고 장군에게 명령이 내려올 것입니다."

"그거 좋은 생각이오."

종회는 표문을 올렸다. 등애가 전권을 휘두르며 촉의 사람들을 모아 힘을 기른다는 내용이었다. 사마소는 이 표문을 보고 분노했다.

"결국 이자가 일을 벌이는구나. 종회에게 사람을 보내 즉시 등애를 잡아 오라고 명하여라."

사마소 자신도 군사를 일으켰다. 그러자 주위 사람들이 말했다.

"종회의 군사가 등애의 군사보다 여섯 배나 많습니다. 어찌하여 주공께서 직접 나서십니까?"

"하하하! 장차 종회가 반역할 것이라고 이야기하지 않았던가? 내가 가는 것은 등애 때문이 아니라 종회 때문이다."

사마소는 대군을 이끌고 출정했다.

이때 종회는 등애를 칠 준비에 여념이 없었다. 종회는 강유를 불러 어찌하면 좋을지 물었다. 그러자 강유가 말했다.

"위관에게 등애를 잡아 오라고 명을 내리십시오."

"등애가 위관을 죽이면?"

"그것이 바로 반역의 증거지요. 우군을 죽인 것 아닙니까? 그때 군사를 일으키면 될 것입니다."

종회는 기뻐하며 위관에게 명령을 내렸다.

"성도로 가서 등애 부자를 잡아 와라."

위관의 부하 하나가 나서서 말렸다.

"장군은 가시면 죽을 것입니다. 등애의 반역 증거를 잡으려고 희생양으로 장군을 보내는 것입니다."

그러자 위관이 말했다.

"나도 생각해 둔 계책이 있다. 내가 그대로 죽을 것 같으냐?"

위관은 격문을 수십 통 써서 등애 수하 장수들의 영채 여기저기로 보냈다. 격문의 내용은 다음과 같았다.

나는 황제의 조칙을 받들어 등애를 체포한다. 나머지 사람들에게는 죄를 묻지 않겠다. 순순히 귀순한다면 벼슬을 그대로 유지할 수 있다. 나오지 않고 맞서는 자는 삼족을 멸할 것이다.

위관은 함거를 두 대 준비하여 밤새 성도로 달려갔다. 은밀히 전달된 위관의 격문을 받은 자들은 모두 나와 위관을 맞이하며 엎드렸다.

등애는 아직 부중에서 자고 있었다. 위관은 부하들과 함께 새벽에 부중으로 들이닥쳐 벼락같이 소리쳤다.

"황제의 칙명이다. 등애 부자를 체포하라!"

등애는 자다가 체포당했고 등충 역시 사로잡혀 함거에 태워졌다.

"등애 장군이 무슨 죄가 있단 말이냐?"

"이대로 잡혀가시게 할 수는 없다."

부중의 장수와 관리들이 저항하며 군사를 일으키려 할 때였다. 종회가 대군을 이끌고 이미 도착했다는 소식이 들렸다. 장수와 관리들은 모두 자기 살기에 바빠 사방으로 흩어졌다.

종회는 묶여 있는 등애를 보자 다가와 말채찍으로 갈기며 말했다.

"소나 치던 놈이 어찌 감히 반역을 꿈꾸는 것이냐?"

강유도 등애를 꾸짖었다.

"요행으로 샛길을 넘어간 놈이 이 꼴을 당하는구나."

등애도 지지 않고 마주 욕을 퍼부었다.

"공로도 없는 자들이 감히 나를 능욕하느냐?"

하지만 소용없었다. 이미 등애는 꽁꽁 묶인 신세였기 때문이다. 등애 부자를 함거에 실어 낙양으로 보낸 뒤 종회는 기뻐했다.

"우하하하!"

종회는 등애의 군사들을 모두 접수한 뒤 큰 소리로 외쳤다.

"이제야말로 내가 영웅의 대업을 이룰 자리를 차지했구나."

그러자 강유가 말했다.

"장군, 장군의 공은 이미 너무나 큽니다. 그 위세가 너무나 커서 주인이 두려워할 지경입니다. 이럴 때 차라리 속세를 끊고 아미산에 올라가 신선처럼 지내시지요."

종회는 펄쩍 뛰었다.

"그게 무슨 말이오? 나는 아직 마흔도 안 된 사람이오. 앞으로 더 나아갈 것을 생각해야지 물러나라니 당치 않소."

"장군이 물러나지 않으려면 계책이 있어야 합니다. 그 준비는 되어 있습니까?"

"그런 건 없소이다."

"그렇다면 이 늙은이가 지혜를 빌려 드리겠습니다."

그 뒤 두 사람은 날마다 어떻게 일을 꾸밀까를 논의했다. 이때 강유는 후주에게 몰래 서신을 보냈다.

폐하께서는 조금만 참으십시오. 이 강유가 위기를 극복하여 평안하게 하겠사옵니다. 한나라 황실이 끊길 일은 결코 없습니다.

강유는 종회를 부추겨 반역을 도모하는 중이었다. 그때 사마소의 서신이 왔다. 장안에 와 있으니 직접 오라는 내용이었다.

"아니, 내가 등애 정도는 손쉽게 잡을 것을 알고 있을 텐데 진공이 직접 군사를 끌고 왔소. 어쩌면 좋겠소?"

강유가 대답했다.

"임금이 신하를 믿지 않고 의심한다면 신하는 반드시 죽습니다. 등애가 그렇게 되지 않았습니까? 어서 가서 사죄하시지요."

"아니 되오. 전에도 말하지 않았소? 나는 미래를 생각한다 하지 않았소? 이 일만 성공하면 천하를 얻을 수 있소. 성공하지 않더라도 서촉으로 물러나면 유비 정도의 세력은 갖출 수 있지 않겠소?"

그러자 강유가 기다렸다는 듯이 말했다.

"거짓으로 태후의 유서를 만드십시오. 마침 곽 태후가 죽었다고 하니 그 유서를 몰래 받았다고 하시고 사마소가 임금을 시해한 죄를 밝히라고 하시면 됩니다. 그렇게 하면 중원을 얻을 수 있습니다."

강유는 가히 모략의 천재였다.

"좋소. 장군이 앞장서 주시오."

"견마지로를 다하겠습니다. 이럴 때는 심복이 누구인지를 알아야 합니다. 복종하지 않는 자는 모두 제거해야 합니다."

"어찌하면 좋겠소?"

강유는 계책을 말해 주었다.

다음 날 그들은 장수들을 모두 불러 잔치를 열었다. 술이 몇 순배 돌자 종회는 갑자기 대성통곡했다. 장수들이 놀라서 물었다.

"장군께서는 어찌하여 우십니까?"

"그대들에게 내 마음속 소회를 털어놓으려 하오. 곽 태후께서 세상을 떠나며 내게 보낸 조서가 이것이오. 사마소가 대역무도한 죄인으로 위를 빼앗을 것이라며 제발 그자를 토벌해 달라고 하셨소."

종회가 조서를 보여 주었다. 그걸 보자 모두 술렁였다.

"여기에 서명하고 마음을 합쳐서 함께 큰일을 이룹시다."

하지만 난데없는 조서를 보고 쉽게 움직일 자는 없었다. 서로 눈치를 보며 망설이자 종회가 칼을 뽑아 들고 외쳤다.

"명령을 거스르는 자는 목을 베겠다."

장수들은 두려워하며 모두 서명을 했다. 종회는 서명을 마친 자들을 궁에 감금한 뒤 강유에게 물었다.

"이제 어찌하면 좋겠소?"

"저자들은 마음으로 충성하는 자들이 아닙니다. 모두 죽여서 구덩이에 묻어 버리는 것이 좋겠습니다."

그때 종회의 심복 장수인 구건이 옆에서 이 이야기를 들었다. 그는 호군(護軍)인 호열의 옛 부하였다. 구건은 호열도 궁에 갇혀 있는 것을 보고 이 사실을 몰래 알려 주었다.

"장군, 강유의 농간으로 곧 궁에 갇힌 자들을 죽인다 하니 이를 어쩌면 좋습니까?"

그러자 호열이 울며 말했다.

"흑흑, 분하다! 내 아들 호연이 군사를 끌고 외지에 나가 있으니 종회의 이런 역심을 어찌 알겠느냐? 이 소식을 아들에게 알려 주게. 그럼 나는 죽어도 한이 없네."

구건은 걱정하지 말라고 호열을 안심시키고는 종회에게 가서 말했다.

"여러 장수들이 궁 안에 갇혀 있어 음식이나 물을 먹기가 불편합니다. 사람을 시켜서 가져다주어야 합니다."

종회는 평소에도 구건의 말을 잘 들었다.

"그래? 그럼 그렇게 하고, 감시를 소홀히 하지 않도록 해라."

"걱정하지 마십시오. 제가 단속하겠습니다."

구건은 호열과 친한 사람 하나를 심부름꾼으로 들여보냈다. 심부름꾼은 호열이 준 밀서를 받아 호연의 영채로 달려가 이 상황을 자세히 알려 주었다. 호연은 놀라서 여러 진영의 장수들을 불러 이 사실을 알리고 대책을 강구했다.

"종회가 반역을 꾀한다고 하오. 어찌하면 좋겠소?"

호연이 묻자 모두 대답했다.

"우리는 죽어도 역적을 따를 수는 없소이다."

"궁궐로 쳐들어가서 무찌릅시다."

구건을 통해 이 소식을 전해 들은 호열은 성에 갇혀 있는 장수들에게 말했다.

"내 아들 호연이 곧 밖에서 군사를 이끌고 올 것이오. 우리는 안에서 호응합시다."

한편 종회는 이런 반란의 재반란이 일어나는 것을 까맣게 모른 채 강유에게 물었다.

"어젯밤 꿈속에서 짐승 수천 마리가 나를 물어뜯었소. 이 꿈이 어떤 뜻인지 알겠소?"

"용이나 뱀을 본다는 건 길몽이니 걱정하지 마십시오."

"궁에 갇힌 자들은 엊그제까지 나의 충성스러운 수하들이었소. 하나하나 불러서 복종할 것인지 묻는 게 좋겠소."

그것은 강유가 원하는 바가 아니었다.

"아닙니다. 지금 시간이 없습니다. 저들을 모두 한꺼번에 묻어 버리십시오. 그게 시간도 절약되고 낫습니다."

"아, 참으로 대권의 길은 멀고도 험하구려."

"결단하십시오. 쉬운 일이 아닙니다."

"음, 생각을 좀 해봐야겠소. 어제까지 함께 고생하던 장수들인데."

이 순간에 자신이 내놓은 계략의 성패가 정해진다 생각하니 강유는 극도로 긴장했다. 심적인 압박을 크게 받은 강유는 몸을 일으키려다 갑자기 가슴에 통증을 느껴 쓰러졌다.

"으윽!"

그때 궁 밖에서 요란한 소리가 났다. 함성이 일며 군사들이 들이닥쳤다. 강유가 가슴을 움켜쥐며 말했다.

"저걸 보십시오. 궁에 갇힌 장수들이 난동을 부리고 있습니다. 저자들부터 죽여야 합니다."

그러나 이미 군사들이 궁 안까지 밀고 들어왔다. 종회는 정전(正殿)의 문을 닫아걸고 기와를 던지며 싸우라고 했다. 순식간에 불길이 치솟으며 군사들이 궁 안 여기기저기로 밀려들어 왔다. 종회는 직접 칼을 뽑아 들었지만 가까스로 몇 명을 베어 쓰러뜨렸을 뿐이다. 종회가 화살을 맞고 쓰러지자 장수들이 벌떼처럼 달려들어 종회의 목을 베었다.

강유 역시 칼을 뽑아 들고 적을 마구 무찔렀지만 가슴의 통증이 커지자 절규하며 말했다.

"아, 하늘이 내 편이 아니구나. 나의 계책이 수포로 돌아갔다."

강유는 더 이상 희망이 없음을 알고 스스로 목을 찔러 죽었다. 이때 그의 나이는 오십구 세였다.

이 소동으로 수백 명의 사람들이 궁 안에서 죽었다. 위관이 비상사태의 해결을 책임지고 맡았다.

"모든 군사는 각자 영채로 돌아가 황제의 명을 기다려라."

위군들은 이 모든 일이 강유가 꾸민 계책이라는 것을 알자 원수를 갚겠다며 죽은 강유의 배를 갈랐다. 그의 가족은 모두 몰살시켰다.

등애의 부하들은 이때다 싶었다.

"억울하게 잡혀간 등애 장군을 구해야 한다."

낙양으로 압송된 등애를 구하러 그들은 밤낮없이 달려갔다.

누군가 이 일을 알리자 위관이 말했다.

"큰일이다. 만일 등애가 풀려난다면 그를 잡은 내가 죽게 된다."

그러자 전속이라는 장수가 앞으로 나서며 말했다.

"강유성을 공격할 때 등애가 저를 죽이려 했는데 모든 관원들이 사정해서 겨우 살았습니다. 오늘 그 원한을 갚겠습니다."

"좋다. 그대가 가서 등애를 죽이도록 하라."

전속은 군사 오백 명을 이끌고 전속력으로 달려 면죽에 도착했다. 그때 등애 부자는 이미 종회의 반란 소식을 듣고 함거에서 풀려나 성도로 돌아오고 있었다. 군사들이 다가오자 등애는 자기를 맞이하러 온 줄 알고 반가워했다.

"어서들 오너라."

하지만 전속이 단칼에 등애의 목을 베었고 등충 역시 목숨을 잃었다.

후세 사람들은 어려서부터 계교를 잘 쓰던 등애가 지리를 꿰뚫고 천문을 알았지만 공을 이룬 뒤에 해를 입었다고 측은해했다. 종회 역시 용맹을 드날렸지만 숨는 법을 배우지 못해 화를 불렀다고 평했다.

강유를 탄식한 평도 있었다. 강태공의 후예이고 병법으로는 제갈무후의 뒤를 이었지만 맹세에 집착하여 목숨을 잃자 한나라 장수들이 모두 슬퍼했다는 것이다.

이때 성도의 군사와 백성들이 큰 혼란 속에서 서로 싸워서 죽은 자가 셀 수 없을 정도였다. 무정부 상태에서 성도는 혼란 그 자체였던 것이다. 십여 일 뒤에 가충이 와서 방을 내걸고 백성들을 안정시켰다. 가충은 위관에게 성도를 지키게 하고 후주를 낙양으로 올려 보냈다. 이렇게 해서 촉은 완전히 멸망했다.

9
오
의
멸
망

오의 장수 정봉은 촉이 망한 것을 알고 더 이상 싸울 필요가 없다는 생각에 군사들을 돌려 오로 돌아왔다. 중서승 화핵이 오의 황제인 손휴에게 간청했다.

"폐하, 오와 촉은 순망치한의 관계여서 입술이 없으면 이가 시리게 됩니다. 촉이 망하면 사마소가 곧 우리를 칠 것이 분명하니 대비하셔야 합니다."

손휴는 그 말을 따랐다. 육손의 아들인 육항을 진동대장군으로 봉하여 형주목으로 삼은 뒤 강어귀를 지키게 하였다.† 유비가 차지했던 형

172

주는 이렇게 돌고 돌아 육항이 맡게 된 것이다. 육항은 강가에 군사를 주둔시키고 영채를 설치하며 위군의 공격에 대비했다.

건녕의 태수인 곽익은 촉이 망했다는 소식을 듣고도 끝까지 버텼다. 장수들이 항복하는 것이 낫지 않겠냐고 묻자 곽익이 대답했다.

"길이 멀고 소식이 끊겨 상황을 잘 알 수가 없다. 위주가 우리 주군을 예의로 대한다면 우리는 항복하겠지만, 주군을 해치고 욕을 보인다면 우리는 끝까지 싸우다 죽어야 할 것이 아니겠느냐?"

장수들은 곽익의 말이 옳다고 여기고 낙양으로 사람을 보내 후주 유선이 어떻게 지내는지 알아보았다.

한편 이때 유선은 낙양의 조정에 들어가 있었다. 사마소는 항복하여 무릎을 꿇고 있는 유선을 꾸짖었다.

"공은 죽어 마땅하다. 현명한 사람들을 쫓아내고 황음무도하지 않았던가?"

유선이 당황해서 얼굴이 흙빛으로 변하자 문무 관원들이 기다렸다는 듯이 말했다.

"황제를 칭한 유선은 이미 항복했고 촉은

정사에 따르면 육항은 처음에 건무교위가 되었다가 계속 승진하여 손호가 즉위하면서 진군대장군에 봉해져 익주목을 겸하게 되었다고 해. 이후에도 여러 방면의 군사 일을 총괄했지. 그 뒤에 대사마, 형주목에 제수되었고 이듬해에 병으로 죽었으니 《삼국지연의》의 이야기는 허구라는 걸 알 수 있어.

나라가 무너졌습니다. 용서해 주시는 것이 어떻겠습니까?"

이는 모두 꼼수였다. 먼저 겁을 주어 딴 생각을 품지 못하도록 한 뒤 거두어 주려는 것이다.

사마소는 못 이기는 척하며 유선을 안락공에 봉하여 집을 주고 먹고 살 수 있게 해주었다. 이름처럼 안락하게 살라는 것이었다.

유선은 자신을 살려 준 것에 대해 사마소에게 감사하며 궁에서 허둥지둥 빠져나왔다. 별로 억울하거나 분한 것도 없었다. 촉은 아버지인 유비가 목숨을 걸고 세운 나라이지 유선이 힘들여 성취한 대업이 아니었다. 유선을 끼고 갖은 황음을 꾸민 환관 황호는 저잣거리에서 무참히 죽임을 당했다.

곽익은 후주 유선이 안락공에 봉해졌다는 소식을 듣고 비로소 부하들을 이끌고 와서 항복했다.

다음 날, 사마소는 유선을 불러 잔치를 열었다. 유선은 술을 마시고 예쁜 무희들이 춤추는 것을 구경하며 즐거워했다.

"어쩌다 이 지경이 되었을까? 으흐흐!"

"우리가 애써 이룬 나라를 버리고 이렇게 타지에 와서 개돼지 같은 삶을 살다니."

이처럼 촉의 관리를 지낸 신하들은 나라 잃은 설움에 눈물을 흘리는데 유선은 태연하게 술을 마시며 연회를 즐겼다. 한마디로 아무 생각이 없었던 것이다. 사마소는 그런 유선의 모습을 보고 비웃었다.

"사람이 저토록 어리석다니. 제갈공명이 살아 있었다 해도 저자를 보좌하여 대업을 이루는 것은 불가능했겠다. 허허!"

사마소가 유선에게 다가가 물었다.

"안락공은 서촉에서 지내던 시절이 생각나지 않으시오?"

"어찌하여 그걸 제게 물으십니까?"

"타향에 와서 생활하는데 수구초심(首丘初心, 여우가 죽을 때 머리를 자기가 살던 굴 쪽으로 바르게 하고 죽는다는 뜻으로, 고향을 그리워하는 마음을 나타낸 말)이라는 말도 있지 않소?"

"이렇게 즐거우니 그다지 생각나진 않습니다."

나라가 망했는데도 슬퍼하지 않고 환락을 즐기는 유선의 태도에 많은 사람들이 한숨을 쉬었다.

한편 조정의 대신들은 사마소가 서천을 얻는 공을 세웠기에 그를 왕으로 삼아야 한다는 표문을 위주 조환에게 올렸다. 조환은 명색이 황제이지 허수아비에 불과해서 아무런 주장도 펼칠 수 없었다. 결국 사마소는 진왕이 되었고, 그의 아버지인 사마의는 선왕, 형인 사마사는 경왕의 칭호를 얻었다.

진왕이 된 사마소는 둘째 아들인 사마유를 후계자로 세우려 했다. 하지만 맏아들을 제쳐두고 군이 둘째 아들에게 대업을 넘겨야 할 이유가 없었다. 맏아들 사마염은 총명하고 체격도 크고 무예도 뛰어났다. 사마유의 장점이라면 순하고 성질이 온순하며 공손하고 효성스럽고 우애가 있다는 것이다.

사마소가 둘째를 세자로 삼으려 하자 주위에서 과거에 맏아들에게 왕위를 물려주지 않아 문제가 된 사례들을 거론했다.

"대왕이시여, 과거의 예를 살피소서."

"그렇구나."

사마소는 마침내 맏아들인 사마염을 세자로 삼았다. 후계자를 정하고 긴장이 풀려서인지 사마소는 갑자기 중풍에 걸렸다. 그리고 다음 날 병세가 급격히 악화되어 죽고 말았다. 천하의 대권이 진왕에게 있었기 때문에 하루도 왕좌를 비워 둘 수 없었다. 태자인 사마염이 진왕에 올라 장례를 치르게 되었다.

성대하게 장례를 마친 뒤 사마염은 충신들을 불러 앞일을 논의했다.

"창졸간에 짐이 선왕의 업을 이었소. 이제 어찌하면 좋겠소?"

그러자 측근인 가충과 배수가 약속이라도 한 듯 나섰다.

"이제 때가 되었습니다."

"황제가 되어 대통을 이으셔야 합니다."

사마염은 야망이 큰 자였지만 일단 한 발 뺐다.

"하지만 짐이 어찌 그런 일을 한단 말이오?"

"아닙니다. 꼭 천명을 받으셔야 합니다."

마침내 사마염은 몇 번 사양하다가 주위의 권고에 못 이기는 척 뜻대로 행하기로 했다. 사마염은 칼을 차고 궁으로 들어갔다. 허수아비 황제인 조환을 협박하러 간 것이다.

"진왕은 어쩐 일로 입조했소?"

황제 조환이 벌벌 떨며 자리에서 내려오자 사마염이 대뜸 물었다.

"누구 덕분에 위의 천하가 되었습니까?"

"그거야 진왕의 조부와 짐의 조부께서 힘쓴 덕분이 아니오?"

조환은 조조와 함께 사마의 덕분이라고 마음에 없는 말을 했다.

"폐하께서는 천하를 잘 이끌어야 할 것이 아니오? 지금 도적들이 들 끓는 걸 보니 능력이 부족하오. 문무 양면에서 모두 부족하니 재주 있고 덕 있는 사람에게 나라를 내주는 것이 옳다고 생각하오."

"그 무슨 망발이오?"

조환은 너무 놀라 온몸을 부르르 떨었다. 옆에 있는 신하들이 나서서 대신 사마염을 꾸짖었다.

"진왕은 어찌하여 그런 대역무도한 발언을 한단 말이오? 황제는 죄도 없고 덕이 있는 분인데 무슨 연유로 보위를 내놓으라는 것이오?"

그러자 사마염이 정색하고 말했다.

"원래 이 사직은 한나라 것이 아니겠소? 조조가 황제를 끼고 찬탈한 것에 불과하오. 그렇다면 조조가 능력이 출중해서 이 나라를 차지한 것이오? 그렇지 않소. 나와 조부와 부친이 삼대에 걸쳐 도와주었기 때문에 가능했던 게 아니겠소? 그러니 내 어찌 이 나라를 차지하지 못한단 말이오?"

황문시랑 장절이 참다못해 말했다.

"너야말로 역적이다!"

그 말에 사마염은 명분을 내세웠다. 자신이 한나라의 대의를 잇는다는 듯이 말한 것이다.

"내가 한나라 황실의 원수를 갚고 사필귀정을 실천하겠노라. 장절을 끌어내라!"

군사들이 장절을 끌고 나가 몽둥이로 때려 죽였다. 결국 조환은 모든 것을 포기했다.

"알았소. 죄 없는 충신들을 더 이상 죽이지 마시오. 바라는 대로 해주겠소."

그 말에 따라 마침내 사마염은 국새를 넘겨받고 왕위를 찬탈했다. 백성들은 그걸 보고 탄식했다.

"위가 한나라 조정을 삼키더니 진은 조씨를 삼켰구나."

조환은 한나라 헌제의 고사를 본떠 수선대를 쌓게 했다. 그리고 진왕인 사마염에게 단에 올라 대례를 받게 하고 자신은 단 아래로 물러났다. 달이 차면 기울고 꽃이 피면 지듯 한 왕조가 끝나고 새 왕조가 일어난 것이다.

가충이 조환에게 황제의 영을 전했다.

"건안 25년(220)에 위가 한나라를 이어받은 지 45년이 되었다. 이제 복이 다하여 천명이 진으로 옮겨갔으니 사마씨가 황제의 자리를 바르게 하여 위의 대통을 계승하노라. 그대를 진류왕에 봉한다. 금용성에 나가 거하되 부르지 않으면 절대 도성에 들어오지 마라."

"황은에 감축 드리옵니다."

조환은 눈물을 흘리며 마음에 없는 감사 인사를 한 뒤 떠났다.

문무백관들은 모두 절을 하고 만세를 불렀다. 마침내 진나라가 모습을 드러낸 것이다. 사마염은 나라 이름을 대진이라 정했고 태시 원년(265)으로 개원하니 마침내 조조가 절치부심으로 세운 위는 망하고 말았다. 이렇게 해서 삼국 가운데 남은 것은 오나라뿐이었다.†

오주인 손휴는 사마염이 위를 찬탈했다는 소식을 듣자 크게 걱정했다. 진나라가 동오를 치러 올 것을 근심하다 병이 들어 자리에서 일어나지도 못했다. 국력의 차이가 컸기 때문이다.
손휴가 죽자 나이 어린 태자 대신 그의 조카
인 손호가 황제 자리에 올랐다.

손호는 손권의 태자 손하의 아들이다. 아무
런 노력이나 헌신도 없이 나라를 차지한 셈이
다. 그래서일까. 그는 갈수록 흉포해지고 주색
잡기에 깊이 빠졌다. 중상시인 잠혼을 총애하
여 그의 이야기만 들었다. 중신들의 목을 베고
조금이라도 귀에 거슬리는 말을 하면 얼굴 가
죽을 벗기는 등 끔찍한 짓을 하여 인심이 흉흉
해졌다. 백성과 나라가 모두 피폐해진 것이다.

충신들은 상소를 올려 정사를 바로 돌보기
를 간절히 바랐지만 손호는 이를 불쾌하게 여
길 뿐 전혀 개의치 않았다.

"황제의 위엄이 더 크게 보이도록 궁을 지
어라!"

대규모 토목 공사를 일으켜 궁을 짓고, 여전
히 향락에 빠져 지냈다.

손호는 백성들을 평안하게 돌볼 정치를 펴
기는커녕 촉의 원수를 갚겠다며 진동대장군
육항에게 명령을 내렸다.

"강구에 군사를 주둔시키고 양양을 쳐라!"

여기서 잠깐!!

오는 어떻게 버틸 수 있었을까? 그
건 경제력이 촉보다 나았기 때문이
야. 오의 경제력은 둔전 개발에서
나왔어. 지역적으로 넓은 땅에 따
뜻한 기후와 풍부한 수량으로 농사
를 지을 환경이 뛰어났지. 하지만
신흥지역이라 노동력을 제공할 인
구가 부족했어. 그래서 변방의 백
성들을 강제로 이주시키거나 소수
민족을 동원하여 농업을 활성화할
수 있었지. 강과 바다를 끼고 있는
지역적 특성으로 인해 주력 산업으
로는 조선업이 크게 발달했어. 삼
국 가운데 가장 뛰어난 조선 기술
을 확보하고 있었으며 큰 배를 건
조할 능력도 있었는데 이건 지금
까지도 이어지고 있어. 현재 상하
이를 비롯하여 바다에 닿은 중국의
지역이 부유한 것도 바로 이런 이
치야.

정탐꾼들이 재빨리 이 소식을 전하자 진나라 황제 사마염은 관리들과 대책을 강구했다. 가충이 의견을 내놓았다.

"듣자 하니 손호는 못된 짓을 일삼으며 백성들을 괴롭히고 있다고 합니다. 양양 도독인 양호에게 조서를 보내서서 군사를 이끌고 적을 막도록 하십시오. 머지않아 동오에서 변란이 일어날 것이니 그때 동오를 치는 것이 가장 상책입니다."

한마디로 이미 중병이 든 나라를 애써 칠 필요가 없다는 것이다. 사마염은 양호에게 적을 막으라는 명령을 내렸다. 양호는 명을 받아 양양에 주둔하면서 군사와 백성들의 인심을 크게 얻었다.[†]

"시간은 우리 편이다. 경계를 철저히 하면서 농사를 지어 힘을 기르며 때를 기다리자."

양호는 군사들에게는 둔전을 일구게 하여 팔백 경의 땅을 개간하니 십 년 치 양식이 일 년 만에 쌓이게 되었다. 적에게서 배운다며 제갈공명과 강유가 쓴 방법을 그대로 따라 했다. 그뿐만 아니라 양호는 갑옷도 벗은 채 편안한 옷차림으로 지냈고 호위하는 군사도 불과 십여 명에 불과했다. 하루는 장수가 달려와서 보고했다.

"장군, 동오군이 우리의 상태를 정탐한 뒤 방비가 해이해졌다고 합니다. 이때 우리가 공격하면 큰 승리를 거둘 것입니다."

"아니다. 육항은 그렇게 만만한 장수가 아니다. 육항이 장수로 있기 때문에 우리는 이곳을 더욱 잘 지키고 있어야 한다. 때와 정세를 살피지 못한다면 패배할 수밖에 없다. 더욱 열심히 지켜라."

두 나라 군사가 오랫동안 대치하며 경계를 지키자 재미있는 일도 많이 벌어졌다. 한번은 사냥을 나갔다가 양쪽 군사들이 마주쳤지만 경계를 넘지 않으려 조심했다. 양호와 육항이 서로 바라보며 예를 갖추는 것을 보자 군사들도 서로 신중을 기했다. 그뿐만 아니라 양호는 사냥한 짐승 가운데 오나라 군사들의 화살에 맞은 것은 돌려주었다. 그러자 육항은 감사의 뜻으로 술을 보냈다.

"적장이 보낸 술을 그냥 드시는 건 옳지 않습니다."

술에 독을 탔을지도 모른다고 의심하는 부하들도 있었지만 양호는 단호하게 말했다.

"육항은 술에 독을 타서 보낼 간교한 사람이 아니다. 쓸데없이 의심하지 마라."

양호는 술병을 기울여 양껏 술을 마셨지만 멀쩡했다. 양호와 육항은 이때부터 서로 안부를 묻는 친한 사이가 되었다.

하루는 육항의 부하가 찾아와 안부를 묻자 양호도 육항의 안부를 물었다. 육항이 며칠째 병석에 누웠다고 하자 양호가 말했다.

"장군의 건강이 안 좋다니 가만있을 수가 없구나."

양호는 육항에게 자기가 먹는 약을 보내 주

양호는 조위가 황제이던 시기에 벼슬을 시작한 위의 신하였어. 이어서 진으로 나라가 바뀌어도 충성을 다했지. 형주의 군사들을 감독하면서 양양을 십 년 동안 지키고 둔전을 실시하여 군량을 비축하는 등 치밀한 준비를 한 사람이야. 평상시에 오의 육항과 사절을 교환하며 친하게 지냈다는 걸로 보아 인품이 상당한 사람임을 알 수 있어. 이건 문무를 겸비한 사람만이 가질 수 있는 능력이지.

었다. 그 약 역시 앞서의 술처럼 주위 사람들의 의심을 받았지만 육항은 양호를 믿고 약을 먹어 완쾌되었다.

육항이 말했다.

"저쪽이 덕으로 대하는데 우리가 폭력으로 대항한다면 장차 싸우지 않고도 우리가 굴복하게 된다. 작은 이익을 탐하지 말고, 경계를 지키며 우리의 할 일을 하는 것이 중요하다."

대치 상황이 길어지자 오주 손호가 보낸 사자가 육항에게 명령을 전달했다.

"황제께서 즉시 진군하여 진나라가 먼저 쳐들어오지 못하게 하라 하십니다."

"그대는 돌아가라. 내가 정세를 판단하여 황제께 상소를 올리겠다."

육항은 상소를 써서 올렸다. 지금 진나라를 칠 수 없는 상황들을 논리적으로 자세히 설명한 상소였다.

오주 손호는 상소를 읽더니 버럭 화를 냈다.

"역시 듣던 대로 육항 이놈이 변방에서 적들과 내통하고 있는 게 틀림없구나."

손호는 사자를 보내 육항의 병권을 빼앗고 좌장군 손익에게 대신 군사를 통솔하게 했다. 손호는 이처럼 멋대로 군사들을 움직이고 함부로 행동했다. 바른말을 하는 신하들은 모두 목숨을 잃었다. 이때 손호에게 죽임을 당한 충신이 수십 명이 넘었다.[†]

하지만 이것은 곧 양호에게는 좋은 기회였다. 육항이 병권을 빼앗겼다는 말을 듣자 드디어 군사를 움직이기로 하고 낙양으로 사자를 보내어 표문을 올렸다.

　　지금 손호의 포악함이 유선보다 더하고 오의
백성들은 과거 촉의 백성들보다 더 곤궁한 처지
에 빠졌습니다.
　　반면에 우리 대진의 병력은 과거보다 더욱 강
성합니다.
　　이대로 시간만 보내면 변방 수비에 지쳐 차츰
국력이 쇠할 것이니 계속 지키는 걸 그치고 공격
하게 해주십시오.

"드디어 천하를 통일할 기회가 왔도다."
　사마염은 크게 기뻐하며 군사를 일으키려
했다. 양호의 말대로 오를 치기 위해 힘을 보
태 주려는 것이었다.
　"폐하! 지금 양호의 말에 섣불리 움직이시
면 아니 되옵니다."
　"촉이 멸망할 때 장수들이 어떻게 변심하는
지 보셨잖습니까?"
　"또 다른 등애나 종회가 될 수 있습니다."
　신하들이 절대 안 된다고 하자 사마염은 망
설였다. 차일피일하다가 결국 군사들을 보내

손호는 술을 마실 때 조정의 신하
들에게 서로 비난하도록 했어. 그
렇다 보니 개인적 단점이 다 드러
나고 조롱하며 헐뜯는 일이 비일
비재했지. 손호에게 불만을 표시
하거나 중지를 요청하면 바로 투
옥되거나 죽게 되니 오늘날 사회
주의 국가의 인민재판과 다를 게
없었어. 이렇게 해서 동오는 군신
간의 단결이 무너지고 멸망의 길
로 빠르게 나아갔지. 이때 충신인
위요가 손호의 폭정에 흔들리지
않자 손호는 미움과 분노로 그를
죽이고 말아. 이런 일이 오의 백성
들을 불안하게 만들어 민심이 떠
나는 계기가 되었어.

지 않았다.

이걸 보고 양호는 크게 탄식했다.

"때가 왔어도 기회를 잡지 못하니 참으로 애석하구나."

양호는 병을 핑계로 사직하고 물러나겠다고 했다. 사마염은 사직하러 온 양호를 만나서 물었다.

"짐이 어찌해야 할지 계책을 알려 주시오."

"지금은 손호의 학정이 극에 달해서 싸우지 않고도 이길 수 있습니다. 하지만 손호가 죽고 어진 임금이 서게 되면 폐하는 오를 얻지 못하실 것입니다."

양호의 지혜를 눈앞에서 확인한 사마염은 자신이 머뭇거렸던 것을 크게 후회했다.

"이제라도 경이 선봉에 서서 군사를 이끌고 가서 치면 어떻겠소?"

"신은 늙었습니다. 적당한 장수를 골라서 명령을 내리십시오."

양호는 하직하고 돌아간 뒤 그해 가을에 병세가 위독해졌다. 사마염이 친히 병문안을 가자 양호는 감격해서 병상에서 몸을 일으켰다.

"누가 그대의 뒤를 이으면 좋겠는가?"

"소신이 가면 우장군 두예†에게 이 일을 맡기소서."

평소에 양호는 사람을 천거할 때 증거를 남기지 않았다. 조정에 천거한 뒤 늘 추천서를 불태워 누가 자신을 추천했는지 알지 못하게 한 것이다. 그러니 갑자기 벼슬이 올라간 자는 감사의 인사를 하고 싶어도 누가 자신을 높여 줬는지 알 길이 없었다. 이는 사사로이 이익을 취하지 않으려는 그의 강직함 때문이었다.

결국 양호가 죽자 사마염은 크게 슬퍼하며 궁으로 돌아갔다. 그의 덕을 추앙하는 수많은 군사들과 백성들이 통곡하며 울었다.

사마염은 양호의 말대로 두예를 진남대장군으로 삼았다. 두예는 양양으로 가서 기회가 오기를 기다리며 백성을 위로하고 군사를 양성했다.

이때 오에서는 정봉과 육항이 모두 죽었다. 오주인 손호는 계속 사치스러운 생활을 하고 매일 잔치를 벌였다. 그의 폭정으로 나라가 위태로워지니 사람들은 모두 두려워했다.

이때 진에서는 동오를 치자는 상소가 사마염에게 거듭 올라왔다. 사마염은 신하들과 함께 의논했다.

"어찌하면 좋겠는가?"

시중인 왕혼†이 말했다.

"손호가 북쪽으로 쳐들어오려고 군사를 정비했다 하옵니다. 기세가 등등하니 지금 그들과 싸우면 불리합니다. 일 년만 기다리시지요. 그들이 지쳤을 때 쳐야 합니다."

사마염은 왕혼의 말대로 군사를 즉시 동원하지 않고 계속 시간을 벌기로 했다. 그러자

두예는 사람됨이 노련하고 학문을 게을리하지 않았어. 항상 책을 손에 들고 읽었는데 특히 《춘추좌씨전》을 가장 즐겨 읽었지. 사람들이 그를 '좌전(춘추좌씨전)에 미친 사람'이라고 부를 정도였대. 그는 과거 사람들의 꿈과 행동을 통해 깨달음을 얻으려는 것이었지. 정사에 따르면 진의 대군이 오를 정벌할 때, 두예는 전체 여섯 갈래의 군사 가운데 한 갈래의 군사를 인솔했을 뿐이야. 마치 전부를 아우른 것처럼 묘사되는 건 허구야. 두예는 박학다재하여 '무기고'라는 별명을 얻을 정도였대. 역시 뛰어난 사람은 글을 읽고 생각을 깊이 한다는 걸 다시금 깨달을 수 있지.

〰️

왕혼은 위주 조방 때 손권이 죽었다는 소식을 듣고 군사를 세 길로 나누어 대대적으로 오를 공격했던 정남대장군 왕창의 아들이야. 진 무제 때 안동대장군에 올라 동오 정벌에 큰 공을 세워.

변경에서 표문이 올라왔다. 양호의 후임인 두예가 보낸 것이었다.

폐하, 일은 이해관계를 잘 따져 봐야 합니다. 이번에 우리가 군사를 일으킨다면 십중팔구 뜻을 이룰 수 있습니다. 만일 실패해도 크게 손해 볼 것이 없습니다. 우리는 이미 준비가 되어 있습니다.

그런데 지금 중지한다면 시간을 번 손호는 무창으로 도읍을 옮기고 모든 백성들을 옮겨서 강남의 성들을 수리할 것입니다.

이렇게 되면 성을 공격하지도 못하고 들판에서 곡식을 얻지도 못하게 됩니다. 결심해 주시옵소서.

사마염은 표문을 다 읽자 벌떡 일어났다. 마침내 결심한 것이다.

"진남대장군 두예를 대도독으로 삼아 군사 십만 명을 이끌고 강릉으로 가도록 하라!"

마침내 명령이 내려졌다. 수군과 육군 이십만 명, 전선 수만 척이 모두 두예의 지휘를 받으며 강을 따라 내려가기 시작했다. 오에는 날벼락이 떨어진 셈이었다.

오주 손호는 깜짝 놀라 신하들과 대책을 의논했다.

"적들이 지금 각 방면에서 쳐들어오고 있다. 기세가 너무 강하니 맞서 싸울 수가 없을 것 같다. 어찌하면 좋겠는가?"

그러자 중상시인 잠혼이 말했다.

"신에게 계책이 있습니다. 쇠사슬을 만들어 장강 연안의 길목마다 가로질러 걸쳐 놓으면 적의 전선이 모두 걸릴 것입니다. 그렇게 되면 배끼

리 부딪쳐 저절로 부서질 것이니 걱정하지 마십시오."

"그야말로 신묘한 계책이로다. 당장 시행하라!"

명령이 떨어지자 대장장이들은 밤낮으로 쇠사슬과 철추를 만들어 설치했다.

마침내 진의 군사들이 강릉으로 나왔다. 두예가 군사들을 이끌고 전진하는데 오에서는 손흠을 선봉으로 쳐들어왔다. 첫 싸움이 벌어지자 두예는 짐짓 후퇴하는 척했다. 그러자 강에서 육지로 올라온 오의 군사들이 추격해 왔다.

"진의 군사들이 겁을 먹었다. 이때를 놓치지 마라!"

동오군이 이십 리쯤 쫓아가자 갑자기 사면에서 복병이 나타났다. 당황한 동오군은 후퇴했지만 전세를 뒤집을 수는 없었다. 너무 깊숙이 들어온 것이다. 셀 수 없을 만큼 많은 동오의 군사들이 죽었다.

손흠이 급히 후퇴하여 성으로 돌아와 보니 이미 성 위에 횃불이 타오르고 진의 깃발이 휘날리고 있었다. 패배하여 돌아오는 오군의 무리에 진의 군사들이 섞여 있다가 열린 성문으로 먼저 들어가 성을 점령한 것이다.

"어서 도망쳐라! 어떻게 북쪽의 군사들이 먼저 왔단 말이냐?"

퇴각하려 할 때 진의 장수가 손흠을 베어 말 아래로 떨어뜨렸다. 손흠과 함께 동오군을 지휘하던 다른 장수들도 진의 장수들의 칼에 목숨을 잃었다. 이렇게 해서 두예는 강릉을 점령했다.

이러한 소식이 전해지자 인근 고을의 수령들은 자발적으로 항복하며 서둘러 인수를 바쳤다. 두예의 군사들은 계속 진격을 거듭하면서 무창까지 손에 넣었다. 두예는 장수들을 모아 놓고 오의 수도인 건업을 칠 계책을 의논했다.

"이제 적진 깊숙이 들어왔습니다. 힘을 추스러 일 년 뒤에 칩시다."

"아닙니다. 쇠뿔도 단김에 빼야 합니다."

두예가 나서서 말했다.

"우리 군사들은 위력을 크게 떨치고 있다. 파죽지세로 치고 나가면 적은 저절로 무너질 것이다. 계속 공격하라!"

진의 군사들이 일제히 진군하여 건업을 공략하기로 정했을 때 동오 군이 쳐놓은 쇠사슬이 강을 막고 있다는 보고가 들어왔다.

"쇠사슬로 강을 가로막아 배들이 갈 수가 없습니다. 동오군이 철저히 방비하고 있으니 어찌하면 좋겠습니까?"

"하하! 걱정하지 마라. 커다란 뗏목을 수십 개 만들어라."

크고 육중한 뗏목을 수십 개 만들어서 띄워 보내는데 뗏목 위에는 불에 타기 좋은 장작과 기름을 바른 불쏘시개를 가득 실었다. 불붙은 뗏목이 쇠사슬에 걸리자 쇠사슬은 무게를 못 견뎌 끊어져 나갔고 끊어지지 않은 쇠사슬은 불에 녹아 저절로 풀리고 말았다.[†]

진의 수군이 강을 따라 내려가며 가는 곳마다 승리를 거두니 말 그대로 파죽지세였다. 동오에서는 좌장군 심영과 우장군 제갈정에게 적을 맞아 싸우도록 명령을 내렸으나 진군이 너무 강해 싸울 수 없었다. 동오 군은 진군의 위세에 흩어져 달아나기에 바빴다.

"이 기세를 놓치지 마라!"

진군은 동오의 경계에서 깊숙이 들어갔다. 두예는 진주 사마염에게 표문을 보냈다. 빨리 진군해야 한다는 내용이었다. 진주는 끝까지 진격해 동오를 정벌하라는 명을 내렸다.

진의 군사들이 수륙 양면에서 질풍처럼 진군하니 동오 군사들은 진군의 깃발만 봐도 도망치거나 항복하고 말았다. 그런데도 오주 손호는 어쩌다가 이런 지경에 이르렀는지 아직도 깨닫지 못했다.

"어쩌다 나라가 이 지경이 되었는가?"

"모든 게 다 환관인 잠혼 때문입니다. 저자의 목을 치십시오."

"환관 따위가 어찌 나라를 망칠 수 있단 말이오?"

손호는 잠혼을 감싸고 돌 뿐이었다.

대신들은 모두 절망해서 소리쳤다.

"폐하는 촉의 황호가 어찌했는지 잊으셨습니까?"

대신들은 손호의 명을 기다리지 않고 궁으로 몰려가 잠혼을 마구 베어 죽여 버렸다.

진의 군사들이 몰려와 성문을 열게 하고 입성했다. 진군의 함성에 손호는 그제야 현실을 파악했다.

여기서 잠깐!!

쇠사슬이 뗏목에 쌓아 놓은 장작불에 녹아 끊어졌다는 말은 얼핏 허구로 보이지. 하지만 당시 쇠사슬과 오늘날의 쇠사슬을 같은 것으로 볼 수는 없어. 당시의 철 제련 기술은 지금처럼 발전한 게 아니어서 낮은 온도에서도 쇠가 쉽게 녹아내릴 수 있어. 게다가 쇠사슬도 오늘날과 같이 크고 굵은 것이 아니라 손으로 두드려 만든 것이라 이런 일이 가능했지.

"아, 나는 이제 살 수가 없구나."

손호가 자결하려 하자 신하 둘이 팔을 내저으며 만류했다.

"폐하께서는 어찌하여 귀한 목숨을 끊으려 하십니까?"

"나라를 잃었는데 짐이 더 살아서 무엇하겠느냐?"

"안락공 유선도 항복하여 편안하게 살고 있습니다. 그의 예를 따르심이 어떠하십니까?"

"……"

손호도 목숨은 아까웠다. 그대로 진의 장수 왕준 앞에 가서 항복했다.

"마침내 동오를 함락시켰다!"

왕준의 선언과 함께 동오는 그렇게 멸망했다.†

두예는 삼군을 포상하고 창고를 활짝 열어 백성들을 배불리 먹고 살게 해주었다. 그러자 동오 백성들은 모두 안심했다.

오를 평정했다는 왕준의 표문을 받은 사마염과 신하들은 모두 기뻐했다. 손호는 귀환하는 왕준의 군사들과 함께 낙양으로 갔다. 대전에 올라 머리를 조아리자 사마염이 자리를 내주었다.

"짐이 이 자리를 마련하고 그대를 기다린 지 오래되었도다."

손호가 대답했다.

"신 또한 황제 폐하의 자리를 마련하고 기다리고 있었습니다."

그 말에 사마염은 껄껄 웃었다.

손호는 돌아와 명을 받는다는 뜻의 귀명후에 봉해졌고 함께 항복한 오의 신하들도 벼슬을 받았다. 왕준을 비롯하여 오의 항복을 받아내는 데 공을 세운 이들은 모두 벼슬이 올라가고 후한 상을 받았다.

이로써 마침내 삼국은 통일되었다. 제갈공명이 그토록 꿈꿨던 삼국의 시대는 막을 내렸다. 오주 손호는 284년에 낙양에서 죽었고, 후주 유선과 위주 조환도 전쟁이나 우환을 겪지 않고 자기 수명을 다하고 죽었다.

서기 280년에 진은 동오를 합병했어. 제갈공명과 당시의 지사들이 생각했던 천하 삼분지계가 완전히 소멸된 거야. 이렇게 해서 황건군이 반란을 일으킨 184년 이래 거의 백 년에 가까운 혼란이 끝났어. 그 시대에 수많은 영웅이 탄생하고 소멸했지. 역사의 흐름은 이렇게 밀물처럼 몰려왔다가 썰물처럼 사라지는 것인 듯해.

해제

우리들의 《삼국지》

    내가 《삼국지》를 처음 접한 것은 초등학교 5, 6학년 때였다. 독서광이었던 나는 집에 있던 아버지 책을 거의 다 섭렵했다. 아버지는 책 좋아하는 아들에게 책을 사 주기 힘들어지자 마침내 당신의 책장에서 열 권짜리 《삼국지》를 꺼내 건네주었다.

    "자, 남자라면 《삼국지》를 읽어 봐야지."

    내가 《삼국지》를 읽게 된 계기는 우습게도 남성성이었다. 남자인 내가 읽어야 할 책, 남자에게 필요한 그 무엇이 담겨 있는 책이라고 생각하며 세로쓰기 2단으로 편집된 책의 첫 장을 열었다. 일본 작가 요시카와 에이지(吉川英治)가 번안한 《삼국지》의 우리말 번역본이었다. 지금은 다양한 판본의 《삼국지》가 나와 있지만 당시엔 선택의 폭이 좁았다. 어머니가 좋아하는 차를 구하려고 유비가 황하 강가에서 낙양선이 오기를 기다리는 것이 첫 장면이었다. 지금도 생생히 기억하는 것은 그때 《삼국지》를 서너 차례 반복해서 읽었기 때문이다. 첫 장을 펼친 뒤 나는 《삼국지》에 푹 빠져 몇 날 며칠을 밤을 새워 가며 읽었다.

《삼국지》를 읽고 나니 주위의 시선이 달라졌음을 느낄 수 있었다. 중학교 1학년 때 여름방학을 마치고 학교에 돌아오자 나를 예뻐하던 생물선생님이 물었다.

"방학 때 무슨 책을 읽었니?"

"《삼국지》를 읽었습니다."

"오, 그래? 재미있지?"

선생님은 기특하다는 듯 내 등을 툭 쳤다. 어린 나이에 열 권짜리 《삼국지》를 독파한 것이 대견해 보인 것이다. 그 뒤로도 이런 느낌을 여러 번 경험했다. '네가 그런 책을 다 읽었어?' 하는 느낌 말이다.

당시 서울대학교 문리대를 나온 삼촌도 내가 《삼국지》를 읽었다고 하자 대견해하면서 질문 하나를 던졌다.

"너는 몇 권부터 《삼국지》가 재미없어졌니?"

그런 질문은 처음 받았다. 하지만 잘 생각해 보니 관우가 죽었을 때부터 흥미가 확 떨어진 기억이 났다. 유비, 관우, 그리고 장비 삼총사의 균형이 깨졌기 때문이다.

"저는 관우가 죽었을 때부터 재미가 없었어요."

"그랬구나. 나도 그랬어."

과거 문학청년이었던 삼촌도 나와 같은 느낌이었다니, 왜 그랬을까? 나중에 문학을 전공하면서 알게 된 사실은 이처럼 의형제를 맺거나 듀오를 이루는 주인공이 죽으면 서사의 맥이 끊기고 만다. 《삼국지》의 서사는 관우가 죽었을 때부터 내리막길을 걸었기에 이야기에 탐닉했던 나는 서서히 흥미를 잃은 것이다.

성인이 된 뒤에는 다시 《삼국지》를 읽은 기억이 없다. 하지만 나는 《삼국지》의 전략으로 사람들과의 관계와 세상을 보게 되었다. 통찰력과 지략, 관계의 오묘함, 인간의 탐욕과 권모술수, 이런 것들이 모두 《삼국지》에 들어 있다. 앞부분의 실질적 주인공인 조조의 뱀 같고 사자 같은 냉철한 용맹함, 후반부의 주인공인 제갈공명의 초인적인 절제력, 여기에 손권의 젊은 패기 등등이 모두 우리 삶에 필요한 요소였다.

아버지는 이렇게 말했다.

"《삼국지》를 세 번 이상 읽지 않은 사람과는 대화를 나누지 마라."

《삼국지》 영웅들의 관계를 이해해야 대화가 통하는 사나이라는 의미였다. 30여 년 동안 작가 생활을 하면서 내가 '할리우드 키드'가 아니라 '《삼국지》 키드'라는 사실을 알게 되었다. 《삼국지》를 읽고 성장했으며 그 깊은 바다 속에서 세상을 바라보는 시선을 갖게 되었다. 《삼국지》의 주인공들과 함께 안타까워했고, 그들과 함께 야망과 포부를 키워 갔다.

여기에 또 다른 운명적 조우가 자리를 잡는다. 내가 읽은 《삼국지》는 정확하게는 《삼국지연의》였다. 한마디로 역사 소설인 것이다. 우연인지 필연인지 나는 대학원 박사 학위 논문을 〈한국 근대 역사 소설 연구〉라는 제목으로 쓰게 되었다. 물론 중국 역사 소설이 아니라 한국 근대 소설이기에 내가 다룬 작품들은 이광수와 김동인, 홍명희 같은 한국 작가들의 작품이었지만 역사 소설과 나의 운명적인 만남은 떼려야 뗄 수 없는 것이었다.

그 뒤 나는 작가로 등단하여 《원균》이라는 작품을 썼다. 희대의 간신으로 알려진 원균이 충신이었음을 밝혀내는 역사 소설이다. 현실의 통념이 왜곡되어 진실을 밝히는 내용이었다. 이 작품이 발간되고 사회에 많은 충격을 던졌다. 덕수 이씨 집안의 항의 전화도 받았다. 토론도 벌어지고 논란도 많았다. 지금은 원균이 간신이 아니라고 하는 사람들이 많아졌다. 역사 왜곡이 바로잡힌 것이다.

우리가 알고 있는 《삼국지》의 원천은 정사인 진수의 《삼국지》에 나관중이 자신의 상상력을 가미한 작품이다. 《삼국지》의 계보를 논할 때 가장 먼저 언급해야 할 사람은 누가 뭐래도 진수다. 진수는 정사인 《삼국지》를 쓴 사람, 더 정확히 표현하자면 편찬자다. 우리의 경우 김부식이 《삼국사기》를 엮은 것과 흡사하다. 그는 위, 촉, 오 삼국 중 위나라를 계승하여 사마씨가 세운 진나라에서 벼슬을 살던 사람이다. 280년경 오나라 멸망 직후 《삼국지》를 썼으니 그의 역사책은 거의 동시대에 쓰인 것으로 볼 수 있고, 상당히 정확하게 역사 사실을 기술하고 있다.

그런데 진수의 《삼국지》는 내용이 간략하고 인용한 사료도 다양하지 않다. 이 간략한 《삼국지》를 백오십여 년 뒤에 주석을 달고 내용을 풍부하게 설명한 사람이 있으니 바로 송나라의 역사가 배송지다. 그는 자료를 수집하는 동시에 여러 사람의 글을 인용해서 붙임으로써 원문보다 세 배가 넘는 주석을 달았다고 한다. 그 주석에 정사 《삼국지》에 실리지 않은 이야기들이 많이 수록되었다.

그리고 정사 《삼국지》에 상상력을 가미해 스토리를 꾸민 인물이 나오니 그가 바로 나관중이다. 《삼국지》의 실제 역사 배경이 되는 후한 시대로부터 무려 천 년이 훨씬 지난 뒤인 원나라 말기, 명나라 초기의 소설가다. 그 시기 역시 격동기였다. 몽골족이 세운 원나라가 한족의 명나라로 바뀌는 과정이었다. 당시 작은 벼슬을 한 걸로 알려진 그는 고향으로 돌아와 《삼국지통속연의》, 우리가 보통 《삼국지연의》라고 부르는 책을 쓰기 시작했다. 그는 당대 최고 문필가인 시내암의 제자였다. 스승 밑에서 소설의 기교를 충분히 배운 그는 정통 역사보다는 허구에 빠진 소설가로서 스승의 미완성작인 《수호지》를 완성시켰고, 시대의 걸작인 《삼국지연의》도 마침내 완성한다.

나관중은 《삼국지연의》를 어려운 역사 지식을 나열한 책이 아니라 대중이 쉽게 읽거나 들을 수 있는 소설로 쓰겠다고 결심한 듯하다. 내용을 통속적으로 부연하여 설명했고, 당시 떠도는 민담이나 전설, 귀신 이야기 등도 자연스럽게 집어넣었다. 한마디로 풍부한 읽을거리를 제공한 셈이다.

이는 우리의 판소리에 소리꾼이 소리를 하면서 좀 더 재미있는 부분을 끼워 넣는 '부분의 독자성'과도 유사한 일이다. 《삼국지연의》는 '설화인(說話人)'이라는 이야기꾼이 책을 가지고 다니며 사람들이 모인 곳에서 즉석 낭독을 했다고 한다. 이런 전통은 우리에겐 전기수(傳奇叟), 일본엔 강담사(講談師)라는 이름의 비슷한 형태로 오래도록 유지되었다.

나관중이 《삼국지연의》를 집필한 기본 이념은 무엇인가? 단적으로 말하면 그의 의도, 즉 주제 의식은 유비를 높이고 조조를 낮추겠다는 것이다. 정사를 바탕으로 하면 조조가 주인공이 되어야 하지만 역사와 문학은 다르다. 문학은 약자의 편이고 억압받는 자의 편이며 실패자의 편이라는 것을 나관중은 잘 알고 있었다. 그래서 《삼국지연의》는 흥미진진한 이야기로 대중들의 열렬한 호응을 얻어 성공할 수 있었다. 대중들은 약자의 편이기 때문이다.

그 후 약 삼백 년이 지난 뒤 모성산과 모종강 부자는 나관중의 《삼국지연의》를 비평하며 새롭게 정리했다. 《삼국지연의》를 바탕으로 일부 내용을 넣기도 하고 빼기도 하면서 기존 책에 비해 유비는 장점을 좀 더 부각하고 조조는 좀 더 악인으로 묘사했다. 오늘날 우리가 알고 있는 과장된 인물들의 모습은 모씨 부자가 만든 것이라 할 수 있다.

이후 당시에 자라기 시작한 산업 자본주의의 발달로 많은 사람들이 《삼국지연의》를 사서 읽었다. 출판 산업이 기반을 다지고 사업성이 확인되자 《삼국지연의》를 나름대로 수정하고 고친 여러 판본들이 쏟아져 나왔다. 청나라 때에는 70여 종의 판본이 나왔다고 하니 오늘날 우리가 읽는 《삼국지》 원형이 조금씩 다른 이유는 그 시대에 발간된 판본이 워낙 다양했기 때문이다.

우리나라에서는 고려 시대부터 《삼국지》의 독자층이 형성되어 있었을 것이다. 조선 시대에도 《삼국지》를 읽는 사람들이 있음을 실록에서 확인할 수 있다.

이후 《삼국지》는 계속 이어져 내려와 지금은 영화, 드라마, 만화는 물론 게임으로까지 계속 재해석되어서 문화적으로 소비되고 있다. 그만큼 《삼국지》는 이 시대의 사람들에게도 친숙한 대상이다.

앞으로도 《삼국지》는 많은 사람들이 계속해서 찾는 작품이 될 것이다. 과거에는 재미로 읽었다면 미래 세대는 《삼국지》를 인문학적 지식과

정보, 그리고 재미와 흥미를 가지고 다양한 변주로 읽어 낼 것이다. 다양한 종류의 온라인 게임이 바로 그 단적인 증거다.

중국의 오천 년 역사 가운데 가장 인기 있는 시대를 꼽으라면 아마도 삼국 시대일 것이다. 조조의 위, 유비의 촉, 손권의 오가 대륙을 삼등분하여 서로 싸우고 손잡으며 경쟁했던 시절은 그야말로 삶의 한 축도이기 때문이다.

삼국 시대는 거대한 역사 변혁의 시대이기도 하다. 한나라는 약 사백 년 동안 이어지다가 붕괴되었다. 한나라의 지배 이데올로기였던 유교도 무너졌다. 사실 조조는 이중적인 간웅으로 묘사되지만 유교의 가치를 극대화하려고 노력했던 사람이다. 이때 죽림칠현도 나타났다.

어디 그뿐인가? 대단한 영웅들이 쏟아져 나와 대륙을 힘차게 누비며 우리 가슴을 뛰게 만든다. 그래서 이천 년이 지난 지금까지도 우리는《삼국지》를 손에서 놓지 못하고 있다.《삼국지》에서는 속고 속이는 계략과 적을 죽이지 않으면 내가 죽을 수밖에 없는 전쟁을 통해 자신의 삶을 헤쳐 나가는 인간들의 모습이 생생하게 드러나 있다.

《삼국지》를 통해 성장하고《삼국지》를 통해 지혜를 얻는 삶이 우리 동양인들의 숙명이라 하겠다. 우리가 고전 작품을 읽는 이유는 바로 이것이다. 고전 작품을 읽음으로써 우리의 삶을 지혜롭고 풍요로운 것으로 만들어 갈 수 있다. 고전 속에서 나 자신에게 적용할 수 있는 의미와 뜻과 보람을 찾는 것이다.

하지만 오늘날 이 땅에서 청소년 독자들은 지나치게 시달리는 삶을 살고 있다. 제도권 교육의 틀 안에서 혹독한 입시 경쟁으로 내몰리고 있으며 정해진 답을 찾는 기능만 발휘하고 있다. 게다가 4차 산업 혁명의 도래로 삶의 흐름은 예측할 수 없게 점점 빨라지고 있다. 이런 시대에 아무리 고전을 읽는 것이 유익하다지만, 장장 십여 권에 달하는 《삼국지》를 읽는 것은 무리다. 여유로운 시간이 없기 때문이다. 청소년들은 학교 수업이 끝나도 학원을 가고 공부를 계속해야 한다. 운동할 시간조차도 없는 현 상황이 아닌가.

그렇다고 고전 작품을 읽는 일을 포기할 수는 없다. 많은 독자들이 고전을 만나 삶의 지혜를 얻도록 하는 것은 모든 작가들이 바라는 바다. 《삼국지》는 그중에서도 가장 먼저 주목해야 할 고전이다. 후한 말기부터 서진이 중국 대륙을 통일할 때까지 백여 년 동안의 격동기에 활약한 수많은 영웅들을 그려 낸 작품이기 때문이다. 이보다 더 다이내믹하고 이보다 더 감동적인 작품은 없다. 읽는 사람에 따라 《삼국지》는 역사서일 수도 있고 전략서일 수도 있으며 처세술을 가르쳐 주는 자기 계발서일 수도 있다. 또한 인물에 대해 알려 주는 전기일 수도 있고 재미를 추구하는 문학 작품일 수도 있다.

《삼국지》를 번역한 다른 작가들의 관점을 살펴보면 먼저 보수적인 작가들은 원전 그대로의 번역에 충실하다. 하지만 젊은 독자들에게 한문 교육을 시킬 목적이 아닌 다음에야 지나치게 원전에 충실한 딱딱한 번역은 독자들의 눈높이를 전혀 배려하지 않은 것이다.

솔직히 말해서 대학원에서 한문을 조금 공부했지만 나는 원전을 충실하게 번역할 능력이 부족하다. 대신 기존의《삼국지》발간본들을 비교하여 내 기준으로 새롭게 구성할 자신은 조금 있었다. 이런 작업을 표현할 수 있는 적당한 말이 없어서 나는 '역설(譯說)'이라고 표현하기로 했다. 번역된 것에 나만의 기준으로 이야기를 꾸몄다는 의미 정도겠다. 내 개성과 기준에 맞춰 잡다한 부분을 걷어 내고 어린이와 청소년에게 도움이 될 내용으로 압축했다. 시작하고 보니 결코 쉬운 작업이 아니었다.

이 책을 엮으면서 나는 우리나라《삼국지》에 지대한 영향을 미친 요시카와 본의 현대 소설적인 기법은 따르되 그의 플롯은 상당 부분 버리기로 결심했다.《삼국지》가 우리 것도 아니고 정사는 더더욱 아니기에 허구의 가미는 필요하지만 그것이 일본 작가의 것이어선 곤란하다는 생각이었다.

물론《삼국지연의》는 중국 역사에 기반을 둔 중국 역사 소설이다. 너무 심취하면 중화 중심주의가 될 수도 있다. 나를 중심으로, 나의 시각으로, 문제의식을 가지고 모든 텍스트를 해석해야 한다.

《조선왕조실록》에도 당시 유행하던《삼국지연의》를 경계심을 가지고 읽으라고 평가해 놓았다. 기대승이 왕에게 이렇게 말한 것이다.

"잡된 말을 끌어 모아 옛이야기처럼 만든 것입니다. 조잡하고 이로울게 없으며 옳은 이치를 해할 수 있습니다. 이 책을 보셨다니 이 책이 역사가 아니라 이야기라는 걸 잊으실까 염려되어 말씀드립니다."

의역을 했지만 그가 무엇을 걱정했는지 알 수 있다.《삼국지》는 허구의 이야기이지 역사적 진실이 아니라는 말이다. 물론 여기에는 황제에게 반기를 들고 스스로 황제가 되는 반유교적 스토리 전개를 경계하고

자 하는 의도도 들어 있다.

어릴 때 읽은 《삼국지》와 커서 읽은 《삼국지》, 그리고 이번 작업을 위해 찾아서 읽은 《삼국지》는 내용이 다 달랐다. 그때마다 감동도 달랐다. 청소년들에게 맞는 보석이 무엇인가 찾아내느라 고민했다. 어린이와 청소년들에게 도움이 될 수 있는 가치 기준을 가지고 작품을 새롭게 쓰려 애썼다.

그와 동시에 좋은 작품이 가지고 있는 생동감을 해치지 않으려 했다. 빠른 전개와 한번 잡으면 손에서 놓지 못할 가독성도 살리려 노력했다. 난삽한 부분을 제거했고, 굳이 몰라도 되는 장황한 부분들은 모두 정리했다. 스토리 위주로 이야기를 끌고 나가도록 했으며 중간중간 삽입되는 군더더기 이야기들은 생략하거나 적절한 위치를 찾아 재배치했다. 독자들이 더욱 잘 이해하고 재밌게 읽을 수 있도록 나름대로 세심한 배려를 했다.

내가 어릴 때 읽은 요시카와 에이지의 《삼국지》는 허구를 다시 한 번 허구로 그린, '허허구'의 이야기인 셈이다. 그런데도 아직까지 우리에게 큰 영향을 미치고 있다. 대부분의 어린이·청소년용 《삼국지》는 초반의 스토리 구성을 요시카와 본에서 따왔다. 나는 그런 초반의 도입이 싫었다. 그래서 농투성이인 유비가 대오각성을 할 수 있도록 사건을 꾸미고 새롭게 창작했다.

《삼국지》는 워낙 방대하고 심오한 작품이어서 필자가 옮겨서 해설하는 과정에서 많은 착오가 있었을 것이다. 잘못된 것이 있다면 필자의 부족함 때문이다. 수백 년 전 어느 중국 도시의 골목에서 《삼국지》를 재해석해서 읽어 주고 재미없는 부분은 다시 수정해 다른 골목에서 읽어 주던 설화인이 바로 필자라고 생각하면 된다. 현대판으로 다시 《삼국지》를 읽고 내 느낌을 가감해 읽어 주고 있으니까. 당연히 문제도 있고 쓸 만한 점도 있을 것이다. 독자들의 많은 질타를 바라 마지않는다.

《삼국지》를 통해서 왜 사는지, 삶이 무엇인지, 인간관계는 어떤 것인지 등등에서 작은 깨달음이라도 얻는다면 엮은이로서 더 이상 큰 만족이 없을 것 같다.

이 책을 작고하신 아버님의 영전에 바치며
2021년 겨울 고정욱

삼국지 연표

연도	주요 사건 내용
184년	**황건군의 난**, 중평 원년 수백만 규모의 황건군이 궐기하면서 한 왕조의 권위와 지방 통제력은 무너지고 난세가 시작됨
189년	**십상시의 난**, 중평 6년
190년	원소, 조조 등 동탁에 반기를 든 12제후 토벌군 조직, 초평 원년
192년	동탁 사망, 초평 3년 손견 사망
194년	손책, 원술에 의탁
195년	헌제의 장안 탈출, 흥평 2년
196년	조조, 헌제 보위. 여포, 서주 탈취. 건안 원년

197년	원술, 스스로 황제 선언, 건안 2년
199년	여포, 공손찬, 원술 사망, 건안 4년
200년	**관도대전** 손책 사망
202년	박망파 전투 원소 사망
204년	조조, 업군 입성
205년	원담 사망 – 조조, 청주 평정
207년	원상 사망 – 조조, 하북 전역 평정
207년	삼고초려 – 유비, 제갈공명을 만나다
208년	**적벽대전** 유표 사망
209년	유비, 형주에 기반 확보 손 부인과의 결혼으로 오와 혼인 동맹

210년	주유 사망
211년	유비, 입촉
213년	조조, 위공 즉위
214년	유비, 익주 전역을 평정
215년	조조, 강족과 저족 격파 한수 사망. 마초 도주
215년	2차 합비 공방전 - 장요 혼자 오나라 장수를 모두 이긴 전투
216년	조조, 위왕 즉위
219년	한중 공방전 - 최전성기를 맞은 유비
219년	형주 공방전 관운장 사망으로 촉나라의 기세도 기울어짐
220년	조조 사망 조비의 황위 찬탈 - 한나라 사직이 공식적으로 막을 내림

221년	유비, 황제 즉위
222년	**이릉대전** 촉과 오의 치열한 전쟁으로 위가 실익을 챙김
223년	유비 사망
224년	조비의 오나라 남정 - 위나라가 입은 손실이 막대함
225년	제갈공명, 남만 정벌
226년	조비 사망
227년	제갈공명의 출사표와 1차 북벌
229년	손권, 황제 즉위
234년	제갈공명 사망
235년	사마의, 태위 취임 - 일인지하 만인지상
238년	사마의, 요동 정벌

239년	조예 사망
244년	낙곡대전 이릉, 적벽 못지 않았으나 촉의 보수적 대응으로 삼국 영토의 변화는 없음
251년	사마의 사망
254년	조방 폐위 – 황제를 마음대로 폐위시키는 사마씨
255년	사마사 사망
260년	조모 참살 – 이젠 황제를 마음대로 죽여 버리는 사마씨
263년	촉나라 멸망
265년	위나라 멸망
280년	오나라 멸망

주석으로 쉽게 읽는
고정욱 삼국지 10

초판 1쇄 발행 2022년 1월 7일
초판 11쇄 발행 2025년 1월 17일

엮은이 고정욱
펴낸이 이범상
펴낸곳 (주)비전비엔피 · 애플북스

기획 편집 차재호 김승희 김혜경 한윤지 박성아 신은정
디자인 김혜림 이민선
마케팅 이성호 이병준 문세희 이유빈
전자책 김희정 안상희 김낙기
관리 이다정

주소 우) 04034 서울특별시 마포구 잔다리로7길 12 (서교동)
전화 02) 338-2411 | **팩스** 02) 338-2413
홈페이지 www.visionbp.co.kr
인스타그램 www.instagram.com/visionbnp
포스트 post.naver.com/visioncorea
이메일 visioncorea@naver.com
원고투고 editor@visionbp.co.kr

등록번호 제313-2007-000012호

ISBN 979-11-90147-87-3   04820
　　　　979-11-90147-77-4   04820 [SET]